脚本：大北はるか
ノベライズ：蒔田陽平

●●

大奥
（下）

JN118470

扶桑社文庫
0813

本書はドラマ『大奥』のシナリオをもとに小説化したものです。

小説化にあたり、内容には若干の変更と創作が加えられておりますことをご了承ください。

なお、この物語はフィクションであり、実在の人物・団体とは無関係です。

7

第十代将軍、徳川家治の前で突然倒れた正室の倫子だったが、幸い命に別状はなかった。しばらくすると意識を取り戻し、容体も落ち着いた。

数日後。寝衣姿で療養中の倫子にお品が寄り添っている。

「お香に……薬草が?」

お品から告げられた驚くべき事実に、倫子の表情が険しくなる。

「はい……長らくお子ができなかったのは、そのためかと……」

「……」

「その薬草には血の道を乱す作用もあるそうで、心の臓が発作を起こし、お倒れになったのも……」

子ができぬのにはそんな理由が……。

倫子の中にふつふつと怒りが込み上げてくる。

隠密からの報告を受け、松平定信は懐から短刀を取り出した。記された三つ葉葵の紋に誓うようにつぶやく。

「このまま誰にも悟られず、果たしてみせようぞ」

父、田安宗武の遺言は、家治の血筋を根絶やしにし、徳川家の頂点に立てというものだった。しかしそれは、養子に出されて以来、定信自身が胸に秘めていた悲願でもある。

覚悟のこもった冷徹な目で短刀を見つめ、何かを決意するかのように鞘に収めた。

家治は対座する田沼意次に厳しい視線を向けた。

「御台の件、誰の仕業か調べはついたのか？」

「いえ……。ただ、我々の考えでは松島殿ではないかと」

「……」

「お知保の方様が竹千代君をお産みになり、松島殿の大奥での地位は盤石となりました。それゆえ御台様がお子を産むことのないよう……」

猿芝居はたくさんだとばかりに、家治が言った。

「その松島とともにお知保を側室に推したのは、そなたではなかったか？」

「……引き続き、調べさせていただき――」

問いには答えず話を終わらせようとする田沼を、「もうよい」と家治はさえぎった。

「わしが調べる」

「は？……」

「御台が子をなすことを快く思わぬのは、お前たちも同じであろう。世継ぎに公家の血が混じれば、面倒だからな」

後ろに控えた幕臣たちが目を泳がせるなか、田沼は余裕の笑みで家治の挑発を受ける。

「承知仕りました」


高岳が膝に乗った猫を撫でている。気持ちよさげに喉を鳴らす猫に輪をかけて、高岳はご機嫌だ。知らず顔から笑みがこぼれる。

そんな高岳に焦れたように夜霧が訊ねる。

「高岳様。お品殿の処分はどうなったのでございますか⁉」

「そう焦るな。強力な後ろ盾を得ておる。その者と、とっておきの秘策を講じておるところじゃ」


江戸城に向かっていた葉山貞之助は、通りに並ぶ出店の前でふと足を止めた。美しい夕陽が描かれた栞が棚に陳列されていたのだ。

あの日のお品の姿を思い出し、貞之助は栞を手に取った。

『このひとときが一番幸せにございます』

夕陽に照らされたお品のはにかむような笑顔が脳裏に浮かび、貞之助は微笑む。

栞を手に城門をくぐると、見知らぬ男から声をかけられた。

「葉山貞之助殿にございますか？」

身に着けている装束から見ると幕臣、それもかなり位が高そうだ。

戸惑いながら貞之助が応える。

「……左様にございますが……」

「お待ち申し上げておりました」

「？……」

その日の夕刻、いつものようにお品が蔵で貞之助を待っている。窓の外を沈んでいく赤い夕陽を眺めながら、今日はどんな話をしようかと胸を躍らせていた。

しかし、約束の時刻が過ぎても貞之助は現れなかった。

次の日も、その次の日も……。

※

三か月後――。

「こら、待て！」

猫を追いかけ、上級女中が御鈴廊下を駆けている。掃除をしていた下級女中たちが手を止め、道を空ける。ようやく廊下の端に追い詰めた猫を、「もう〜、駄目ではないか」と女中が抱き上げたとき、松島がやってきた。

下級女中たちが一斉に平伏するなか、松島がその女中に告げる。

「神聖なる御鈴廊下に猫を持ち込むなど無礼千万！　これより暇を取らす」

「！……」

噂はすぐに長局を駆けめぐった。

「またひとり、奥女中が御役御免となったそうですよ」と昭島が怯えながらお玲とお平に報告する。

「えー。これで二十人目ではないですか！」

「それも高岳様の部屋子(へやご)ばかり……」

眉をひそめるふたりに昭島が言った。

「恐れていた粛清(しゅくせい)が始まりましたね」

「粛清？」

「松島様に逆らう者は全員、この城から追われることになるでしょう」

予言めいた昭島の言葉にお玲とお平は身を震わせる。

事実、大奥総取締という地位に加え、世継ぎの竹千代の養育係となり、御部屋様のお知保の力も削いだ。もう怖いものなど何もないだろう。

最後に昭島はふたりに断言した。

「もうここは、松島様の天下です」


すっかり春めいてきた柔らかな光が窓から射している。そんななか倫子は御膳(ごぜん)の料理のほとんどを残したまま、うとうとと眠気に襲われていた。

「……倫子様？」

お品に声をかけられ、倫子はハッと目を開けた。

「すまない……」

「お料理が……お口に合いませんか？」

「ううん。こうして好きな食材を食べられるようになって満足よ。ただ少し、味が変わった気が……」

「実は、そうなのです」とお品の表情が暗くなる。「これまで倫子様の御膳はすべて葉山殿がこしらえておられましたが、長らくお休みを取られているようで……」

「そうなのか？」

「はい……。ある日突然お姿を見なくなり……あの真面目で誠実なお方が倫子様に任された御役目を投げ出すとは思えません。何かあったのではないかと心配で心配で……」

あまりにも深刻な物言いに、倫子はお品をうかがう。

「もしやお品……葉山殿のこと……？」

「！　何をおっしゃいますか！　そんなこと……あり得ません！」

お品が慌てて否定する。

「ここは……男子禁制の大奥ですよ！」

「そうか？」

「はい」とうなずき、お品は言った。「私には恋など……贅沢（ぜいたく）にございます」

しかし顔を朱に染めうつむく様子は、明らかに恋するおなごのそれだった。

桜の花びらがひらひらと舞う中庭を散歩しながら、家治が倫子に訊ねる。

「その後、具合はどうだ？」

「あれからもう三月も経つのですよ？　ご心配なさらないでください」

笑みを返す倫子に、家治は申し訳なさげな顔になる。

「……いまだになんの手がかりも掴めず、すまぬ」

「いえ。私なら大丈夫ですから」

「……」

「こうして上様と並んで散歩をし、ゆっくりと四季折々の花を楽しんで……毎日が、幸せで……」

言いかけた途中で倫子は欠伸をした。あまりにも口が大きく開いたので、家治は目を丸くする。自分の前でそのような振る舞いをするおなごは初めてだった。

家治があっけにとられているのに気づき、慌てて倫子は口を手で覆った。

「申し訳ございません……」

家治は吹き出した。

「河馬のようだな」

「かば？」

「アフリカの河で暮らす太った馬だ。口が両手幅ほどに開くらしい」

「え!?　化け物ではないですか！」

今度は口をとがらせる倫子に家治はまたも大笑い。

春の風に乗ったふたりの笑い声が美しい庭に響いていく。

もう会うことは叶わぬかもしれないと半ばあきらめているのに、暮れ六つになるとつい蔵に足が向いてしまう。窓の向こうに落ちていく夕陽を眺めながら、お品の口から想い人の名がこぼれる。

「貞之助様……」

「綺麗な夕陽にございますねぇ」

声に驚き振り返ると、老中首座（ろうじゅうしゅざ）の田沼が戸口の前に立っていた。

「！　どうして……」

「残念ながら待ち人がいらっしゃることは、もうないかと」

「どういう意味にございますか？」

「お見せしたいものがございます」

「……」

お品が田沼に連れていかれたのは、城外の小屋だった。薄暗い廊下の左右は頑丈な木組みの牢が並んでいる。

もしや、ここは牢屋……？

不安そうに歩を進めるお品を、前を行く田沼がうながす。

「さあ、こちらです」

押し出されるように一番奥の牢の前に立ったお品は、おそるおそる格子の先を見た。

髪や髭が無造作に伸び、襤褸のような衣からあばらの浮いた身体をあらわにした男が壁に背を預けるように横たわっている。垢で黒くなったその顔にかつての面影はない。

しかし、それが誰なのかお品にはすぐにわかった。

「貞之助様……」

意識が朦朧としているのだろう。貞之助は応えない。

「どうしてこのような……」

「おわかりになりませぬか？」

後ろから田沼がささやいてくる。振り向くお品に、田沼はいきなり声を荒げた。

「上様以外の殿方と情を通じるなど、あるまじき大罪ですぞ！」

「！」

お品は慌てて田沼にひれ伏し、床に頭をこすりつけた。

「申し訳ございません。すべて私の落ち度にございます。どんな処分でもお受けいたしますので、どうか貞之助様をお助けください！　お願い申し上げます……」

「ほお」と田沼の目が妖しく光る。「左様ですか。どんな処分でも」

お品は決死の覚悟で田沼を見上げる。

そのとき、新たな人物が現れた。

「聞いておられましたか？」

「ええ」と田沼にうなずいたのは高岳だった。「もちろん」

不敵な笑みを交わし合うふたりを見ながら、お品は自分が蜘蛛の巣にからめとられた哀れな蝶になったような恐怖を感じる。

牢屋を出たお品は、今度は中奥の一室へと連れてこられた。遊女が描かれた品のない金屏風の前に田沼と高岳が座り、お品はその対面に正座する。

やがて、高岳がもったいぶったように話しはじめた。

「此度のことを不問にする策が一つだけございます」

「……」

「私の部屋子になりなさい。そして、上様の側室となり、子を産むのです」

死罪か流罪か……そこまで覚悟していたお品は、高岳から告げられた突拍子もない提案に頭が追いつかない。

「……何をおっしゃっているのですか？」

「聞こえませぬか？　上様の、お子を産むのです！」

「……そんなこと……」とお品は絶句した。「できるはずがありません！　私は……御台様の付き人なのですよ？」

「そうですか。ではこの話はなかったことに」

高岳はそう言うと、田沼とともに立ち上がる。そのまま部屋を出て行こうとするふたりを見て、お品は慌てて声を発した。

「お待ちください！」

高岳と田沼がお品のほうを振り向く。

「なにゆえこのような……」

困惑し、すがるように訊ねるお品に高岳が言った。

「そなたこそ何を拒む理由があるのです？　そもそも御台様を裏切り、よその殿方と逢瀬を重ねていたのは、そなたではないか！」

唇を噛むお品に、田沼が冷酷に告げる。

「このことが表沙汰になれば、お品殿は流罪。そして葉山殿は……死罪となるでしょう」

「！……」

「この提案は、我々からの恩情にございます」

ふたりが張りめぐらせた糸から逃れられない己の運命を悟り、お品は絶望した。

大広間での総触れの最中、家治は、隣の倫子が目をつぶったままウトウトと微睡かけているのを見て、そっとその額に触れる。

ビクッと倫子が目を開けた。

「熱いな……。まだ眠気が続いておるのか？」

「はい……申し訳ございません」

後ろに控えていたお知保は、耳に飛び込んできたふたりの会話が引っかかった。

「眠気……？」

心配そうに家治が倫子に言う。

「すぐに奥医師に診てもらえ」

「はい……」

嫌な予感がして、お知保は松島をうかがう。同じ危惧を抱き、松島の表情がみるみる険しくなっていく。

御台所の居室の前で、松島、高岳、お知保が不安そうな面持ちで奥医師が出てくるのを待っている。常なら微妙な距離感のある三人だが、今は関心事が一つしかないので、互いに牽制し合うこともない。

しばらくして襖が開き、奥医師が顔を出した。

すぐに松島が訊ねる。

「……御台様のご容体は？」

部屋の中で布団から身を起こした倫子も、奥医師の診断に耳を澄ます。

「ご懐妊にございます」

奥医師の言葉は、四人それぞれに大きな衝撃を与えた。

「お子を……私が？……」

倫子はおずおずとお腹に触れる。

ここに上様と私の子が……。

じわじわと喜びが込み上げ、倫子の顔がほころんでいく。

※

お品が沈痛な面持ちで大奥に戻ると、御小姓(おこしょう)を連れた倫子が廊下の向こうから歩いてくるのが見えた。お品に気づくや、駆け寄ってくる。

「お品！」

いきなり抱きつかれ、お品は驚いた。

「倫子様……？　どうされたのですか？」

「ようやく……」

感極まったように顔をくしゃくしゃにしながら、倫子は続ける。

「ようやくお子が来てくれた……！」

「まことにございますか!?」

「うん」

お品の顔からも笑みがこぼれる。

「よかった……」

「これまでたくさん励ましてくれたお品のおかげだ。ありがとう」

喜びにあふれた倫子の姿が、お品を現実へと引き戻す。すっと倫子から身体を離し、お品は背を向けた。

「お品?」

「……」

倫子様を裏切ることなどできない。

しかし、私があの者たちの命に背けば、貞之助様が……。

葛藤（かっとう）の末、お品は口を開いた。

「倫子様、実は……」

そのとき、倫子の背後に控えた御小姓の姿が目に入った。口ごもるお品を、「どうした?」と倫子がうながす。

「……いえ」と笑顔をつくり、お品は続ける。「此度はまことにおめでとうございます。倫子様なら必ずいい母親になられます」

「ありがとう」

「……」

「まさか御台様が身ごもるとは……」

中奥の一室で田沼と顔を突き合わせ、高岳が唸る。

「もし若君であれば、上様は御台様のお子を世継ぎにお決めになるのではございませぬか？」

「まあ、そうなるでしょうなぁ」

「されば……我々がお品殿にお子を産ませたところで、意味をなさぬではないですか！」

苛立つ高岳とは対照的に田沼は余裕の笑みを浮かべる。

「よくよくお考えくだされ。此度側室になるのは、お品殿ですぞ？　お品殿は御台様が幼き頃より最も信頼を寄せてきた付き人。その付き人に上様が御手を付けたとなれば……」

田沼が言わんとすることを高岳も察した。

「御台様と上様の仲に、亀裂が……？」

「御台様はひどく傷心なされ、城の外れの二の丸に下られるやもしれませぬなぁ」

「……しかし、上様は御台様に心底惚れ込んでいるご様子。側室にお品殿を迎え入れるでしょうか？」

「心配なさらずとも、某（それがし）にお任せくだされ」

「なんぞ、手立てが……？」

「はい」


倫子とともに中庭に出た家治は、そのお腹に触れながらあらためて感慨にふける。

「ここに、わしらの子が……」

「はい……」

幸せそうな倫子の笑顔に重なるように、遠い昔に聞いた田沼の声がよみがえる。

『お前は、将軍家の子ではない！』

一瞬表情を曇らせた家治に、倫子が声をかける。

「上様？」

手のひらに感じる温もりが家治の憂いを消していく。

最愛の人に宿った新しい命は、それほど圧倒的な喜びだった。

「あらゆる道理を越えて、ただただ嬉しい……」

家治はそう言って、倫子を見つめた。

「早くこの子に会いたいな」

「はい……」

外廊下からお知保が、仲睦まじげに顔を寄せるふたりをじっと見つめている。狂おしいほどの嫉妬が湧き上がり、その心を焦がす。

そこに松島がやってきた。

「少しよろしいですか？」

「……」

自室にお知保を招き入れるや、松島は粉包(こなづつみ)を差し出した。

「……これは？」

「一服すれば、お子が流れます」

「！……」

「どうするかは、そなたに任せます」

「……」

赤子の声がして、お知保は視線を移した。

開いた襖の向こうで竹千代が乳母の腕の中であやされている。

風が出てきたので家治は倫子を連れ、屋敷に戻った。まだ外を見ていたいと縁側に腰かけた倫子の横に、一枚の浮世絵を置く。

描かれているのは学問所の風景だった。色とりどりの着物姿の子供たちが机に並び、勉強をしている。真面目に筆を動かしている子もいれば、隣の子とおしゃべりをしている子もいる。奥のほうには倫子のように大きな欠伸をしている女の子も描かれている。拙さはあるが、子供たちはみな生き生きとしており、にぎやかな声が聞こえてきそうな素敵な絵だった。

食い入るように絵を見つめる倫子に、家治は言った。

「わしは学問所を作ることにした」

「学問所?」

「それもこの国の至る所にだ。身分の隔てなく、すべての子供が通える場所にする。そして、ここで学んだ者たちが諸外国に負けぬ力を養い、海の向こうとも渡り合えるようにしたい。わしらの子のためにも、この国の未来をもっと明るいものにしたいのだ」

声を弾ませ、夢を語る家治が倫子には嬉しくてならない。

「……では私は、必ずこの子を丈夫に産み、守ります。上様がお作りになる未来を見せてあげたいですから」

肩を寄せて微笑みながら、ふたりはその絵を見つめた。

一体、どうすればいいのだろう……。

貞之助の命を考えれば、田沼と高岳の命に従うしかない。それはわかっているけれど、私に裏切られたと知ったときの倫子の痛みを思うと、簡単に承知することはできない。

お品が思い悩みながら外廊下を歩いていると、向かいの縁側に仲よく腰かけ、絵を眺めながら楽しそうに話している倫子と家治の姿が目に飛び込んできた。

そんなふたりにお品は自分と貞之助を重ねてしまう。

薄暗い蔵の中ではなく、明るい日の光の下で貞之助様とあんな風におしゃべりを楽しむことができたら、どんなにか幸せだろう。

決して叶わぬ夢まぼろしだ。

現実に返り、お品の中に虚しい思いが募っていく。

「惨めなものですね」

声に振り返ると、高岳が立っていた。

「どんなに尽くしたところで、御台様の一番大切なお方は上様。そなたは単なる付き人にすぎませぬ」

「……」

縁側に座る倫子に目をやり、高岳は続けた。

「我らは恋一つ、許されぬというに……」

お品も倫子へと視線を移す。

家治の隣で本当に幸せそうだ。しかも、お腹には念願のお子までいらっしゃる。

今まで抱いたことがない感情が、お品の中で芽生えつつある。

お品の表情から心の揺れを察し、高岳はほくそ笑んだ。

※

家治の前に対座した田沼が恭しく平伏する。顔を上げ、田沼は言った。

「新たにもうひとり、側室を設けてくださいませ」

御台が身ごもったことで、そろそろ何か仕掛けてくるとは思っていたが、予想の埒外の申し出に家治は戸惑う。

「……何を言っておる」

「未来永劫、将軍家をお守りするためには、子孫繁栄が不可欠。神君家康公はその御血筋を絶やさぬよう、十六人ものお子をなされたとか」

「……わしには竹千代と御台の子がいれば十分――」

家治の言葉をさえぎり、田沼が言った。

「新たな側室には、お品殿を推挙いたします」

「……お品？」

「御台様の、付き人にございます」

主とお付きというよりも幼友達のようなふたりの関係を思い出し、次の瞬間、家治は怖気立った。

「その方……何を企んでおる？」

「すべては上様の御為にございます」

「断る」

荒々しく席を立ち、部屋を出ていく家治を田沼は余裕の笑みで見送った。


なぜか朝からお品の姿が見えず、倫子は部屋を出た。御小姓がいるのでお品がいなくても特に支障はないのだが、そういう問題ではない。

一つひとつ部屋を覗きながら廊下を進んでいると、荷車に大量の書物を載せて運んでいるお玲と出くわした。

「お玲殿、お品を見かけませんでしたか？」

「いえ」とお玲は首を横に振る。

「そう……今日は大事な日だというのに……」

「大事な日？」

「お品が私に仕えてくれて、十五年目の記念日なのです」

「そうなのですか」

倫子は荷車に目を留め、「こちらは？」と訊ねた。

「書庫に収める書物にございます」

「書庫？　この城に書庫があるのか？」

「はい。歴代の将軍様が御集めになった書物が十万冊ほど収められております」

「そんなに？　お品が喜びそう……」

「しかし、城の外れにあるため、お品様は立ち入れぬかと」

「そう……」

倫子は書物の山を見ながら、何やら思案を巡らせる。

その頃、お品は貞之助と逢瀬を重ねた蔵にいた。手にした懐紙入れをじっと見つめる。開くと猫の絵が描かれた懐紙入れ。倫子とともに作り、褒美にいただいたものだ。

あのとき私は倫子様に誓った。

いつまでもおそばにいて、倫子様が変えていく大奥をこの目で見届けるのだと。

その誓いを私は破ろうとしている。

しかも、最悪の形で……。


牢の隅に弱り切った貞之助が横たわっている。扉が開き、誰かが入ってきたと思ったらいきなり顔に水をかけられた。

「起きろ。飯だ」

起き上がるのも億劫(おっくう)で目だけ動かすと、田沼が蔑むように見下ろしている。牢番が飯の膳を置く。のっているのは、わずかな白飯と屑野菜の浮いた汁だ。

「……」

「どうした？　はよう食え」

「……これ以上、お品殿を苦しめたくはありませぬ……。このまま、自害――」

「罪人(ざいにん)のお前にそのような権利はない！　さあ、食え！」とさえぎり、田沼は牢番をうながす。牢番は貞之助の口に無理やり白飯を押し込んでいく。

激しく咳き込む貞之助を田沼は冷めた目で見つめる。

御膳所で女中たちが菓子の用意をしている。その様子を出入口からお知保がうかがっている。慌ただしく菓子を並べながらお平が若い女中に訊ねる。

「お品殿は？」

「まだいらしておりませぬ」

「そう……。御台様のお菓子のお毒見、どうしましょう」

膳の上には白みそ煎餅と茶の入った急須がのせられている。

お知保の目が急須へと引き寄せられる。

「お知保の方様？」

気づいたお平が声をかけた。「いかがされましたか？」

動揺しつつ、お知保が応える。「竹千代君の夕餉の献立が気になりまして……」

「それでしたら、こちらにございます」

お平は品書きをお知保に渡す。

「ありがとう」

受け取った品書きを見るふりをしながら、お知保は袂からそっと粉包を取り出した。

お平がこの場を離れるのをじっと待つ。

脳裏には松島の声が繰り返されている。

『一服すれば、お子が』

『どうするかは、そなたに任せます』

品書き越しに急須を見つめ、お知保は葛藤する。

「あ……」

何かを思い出したのか、お平がこの場を離れていく。

今なら見とがめる者は誰もいない。

「……」

何かに操られるように、お知保の手が動き出す。


膳を持ったお平が御台所の部屋に入ってきた。倫子の前に膳を置き、平伏する。

「御台様のお父上様からご懐妊祝いが届いております。白みそ煎餅にございます」

「父上から……」

嬉しそうに倫子は白みそ煎餅を手に取った。

煎餅をほおばりながら倫子が御膳にのった茶碗に手を伸ばす。ふとその手が止まった。

「そういえば、お品を見かけませんでしたか？」

「それがお姿が見えず……本日のお毒見は私がしかと務めさせていただきました」

「そうですか……」

懐妊を告げた際、お品は何かを言いかけた。しかし、御小姓の目を意識したのか、その言葉をとどめた。

あのときのお品の思い詰めたような表情が、倫子は気になってならなかった。


いっぽう、お知保は部屋で悶々としていた。

つい魔が差して松島様からいただいた薬を御台様のお茶の中に入れてしまったが、部屋に戻った途端、彼女の優しさばかりが頭に浮かぶのだ。

琴の弦を切られ窮地に陥った際、自分の琴を密かに貸してくださった。

憎らしいであろう竹千代を愛おしく見つめ、安産祈願の御守りとともに「元気に育つのですよ」とお声がけしてくださった——。

その御守りを取り出し、お知保は己に問いかける。

このままでいいのか……。

倫子が手にした茶碗を口に持っていったとき、誰かが部屋に飛び込んできた。

「おやめください！」

声と同時に茶碗が叩かれ、茶がこぼれる。

「口にしてはおりませぬか!?」

差し迫った表情で見つめてくるのはお知保だった。

戸惑いながら倫子はうなずく。

「……はい」

安堵のあまり、お知保はその場にしゃがみ込んだ。

お知保は倫子に向き直ると、土下座した。

「申し訳ございませぬ……」

困惑しながらも、倫子は察した。

「まさか……私の子を？」

「……」

「……どうして」

理由は答えず、お知保はふたたび深々と頭を下げた。

「まことに申し訳ございませぬ！」

「……」

動揺したお平が、「う、上様にご報告を！」と部屋を出ていこうとしたとき、倫子が鋭い声を発した。

「お待ちくださいー！」

「!?」とお平が足を止める。

床に転がる茶碗を見ながら、倫子は言った。

「私は口にしておりません。お腹の子も無事です。それゆえに……不問にいたします」

お知保が驚きの表情を倫子に向ける。

「このことが表沙汰になれば、お知保殿には厳しい処分が下るでしょう。竹千代君から母親を奪いたくはありませんから」

倫子の温情を受け、お知保の中に熱いものが込み上げてくる。

「そなたのためではございません。竹千代君のためです」

「はい……申し訳ございませんでした」

もう一度深く頭を下げるお知保の目からは、大粒の涙がこぼれ落ちていた。

「……」

※

懐紙入れを持ったお品が御台所の居室に向かっていると、廊下の向こうから倫子が足早にやってきた。

「倫子様……」

「お品！」と倫子が駆け寄ってくる。「どこにいたのだ？」

「申し訳ございません……。折り入って……ご相談したいことがございます」

「わかった。ただ……あとでもいいか？」

「え？」

「急ぎ、用があるのだ」

「……そんなに急いでどちらへ？」

「上様のところだ」

「！」

「では、あとでな」

楽しそうに去っていく倫子の背中を見送るお品の耳に、高岳の声がよみがえる。

『どんなに尽くしたところで、御台様の一番大切なお方は上様。そなたは単なる付き人にすぎませぬ』

お品は手にした懐紙入れを握りしめた。

虚しさがまた心を覆う。

ぼんやり廊下に佇(たたず)んでいると、高岳が現れた。

胸の内を見透かすようにお品に問う。

「覚悟は決まりましたか?」

「……」

御座之間(ござのま)で家治と対座すると、倫子は頭を下げた。

「お呼び立てして、申し訳ございません」

「遠慮はいらぬ。相談とはなんだ?」

「城の書庫に収められている書物を、いくつかお借りしたいのです」

「……なにゆえ、そのような?」

「本日は付き人のお品が私に仕えてくれて十五年目の記念日でして。日頃の礼に、お品の大好きな書物をたくさん読ませてあげたいのです」

お品の名を聞き、家治の表情が陰る。

「そうか……。しかし、付き人のためにそこまでするか」

「お品はただの付き人ではございません。どんなときもともに支え合ってきた友であり、家族ですから」

「……わかった」と家治は微笑む。「好きに使うがよい」

「ありがとう存じます」


高岳に連れられ、お品は牢屋へとやってきた。

「最後にひと目会って、決めるがよい」と高岳がお品を奥の牢の前に押し出す。

牢の中には、痩せさらばえ幽鬼のようになった貞之助が横たわっていた。

「貞之助様！」

朦朧とする意識のなか、貞之助は目を開いた。視界にぼんやりとお品の姿が映る。

「お品……殿……」

格子越しにお品は手を伸ばす。もう身を起こす力もなく、貞之助は倒れたまま必死にお品に腕を伸ばし、その手を握った。

「……申し訳ございませぬ……申し訳……」

「……なぜ、謝るのですか……」

「某があのとき……切手を落としていなければ……」

門でぶつかり合った、初めての出会い。

「鍵を……お渡ししていなければ……」

こっそりと渡された蔵の鍵。

「あなた様のことを……お慕いしていなければ……」

蔵の中で交わしたいくつもの抱擁（ほうよう）。

「お品殿は……こんなことには……」

貞之助とのすべての触れ合いは、お品にとってかけがえのないものだった。

骨と皮ばかりになってしまった手をお品は強く握り返す。

「私は……後悔などしておりません。貞之助様と出会い、私の毎日は……華やぎました。誰かを愛することも、愛されることもないと思っていた生涯に、あなた様が彩りを与えてくださったのです」

「……」

「この先も夕陽を見るたび、貞之助様を思い出します。たとえ離れたとしても、この恋を胸に……生きてまいります」

生気を取り戻した貞之助の目から、はらりと涙がこぼれ落ちる。

「……」

「私にとって、一番大切なお方は――」

「御台様にございましょう」

さえぎるように貞之助が言った。

「!」

「某は……お品殿にそんな思いをさせてまで……生き永らえたくはございませぬ」

「……」

そのとき、牢番を連れ、田沼が現れた。

「まだ決心がつきませぬか?」

お品は田沼をにらみつける。

「仕方ありませぬな」と田沼は牢番をうながす。「やれ」

牢番は扉を開け、牢に入ると貞之助の身体を押さえつけた。

「何をするのです!?」

牢番は貞之助の右手を摑み、お品に見せつけるようにして、小指を折る。

貞之助の悲鳴が牢屋中に響き渡る。

「おやめください！」

「早く決断するのです」

牢番は躊躇することなく薬指も折る。

「うあああああああああ」

あまりに残酷な光景に高岳は目を背けている。

お品は叫んだ。

「貞之助様は料理人なのです！　そんなことをされたら……」

しかし、牢番は容赦なく中指も折った。

貞之助はもう悲鳴すらあげられなくなっている。

お品は泣きながら田沼にすがった。

「おやめください……おやめください……」

「ならば腹をくくれ！　この罪人が！」

涙で顔をぐしゃぐしゃにして、お品は田沼に許しを乞うた。


せっかく上様から大切な書物を借りられたというのに、肝心のお品の姿が見当たらない。心当たりを隈なく捜すも見つからず、倫子はとぼとぼと部屋に戻った。

畳に並べた大量の書物を見下ろし、つぶやく。

「どこに行ったのだ……お品……」

お品の心を折り、自分の意に従わせた田沼は家治のもとへと向かった。対座するや、一枚の古い書状を家治の前に置く。

「こちらは上様の母上、お幸の方様が残された遺書にございます」

「！……」

「こちらには、上様の実の父親が山村座の歌舞伎役者、桜田真太郎であることや、その桜田殿を口封じのため亡き者にするよう、某に託した旨がしかと記されております」

書状に記されているのはたしかに母の手蹟のように見える。

田沼の強気の理由はこれだったのか……。

「これを白日の下にさらせば、上様は将軍の座を追われるだけでなく、幕府を欺いた逆賊とみなされ、死罪となるでしょう」

「……」

「また、妻である御台様も罪を負わされ、流罪」

「！……」

「お腹の子は罪人の子として、生まれるや否や殺さ――」

「やめろ！」

家治の悲痛な叫びが田沼をさえぎる。「やめてくれ……」

「……」

「そなたは一体、何がしたいのだ……」

問いには答えず、田沼は訊ね返した。

「御台様とお子のお命を守りたくはないのですか？」

もはや自分に選択肢はないのだと思い知らされ、悔しさと悲しさで家治の目から涙がこぼれ落ちる。


その夜、行灯（あんどん）がほのかに照らす薄暗い御鈴廊下を、苦渋の思いを抱えた家治が御寝所（ごしんじょ）に向かって歩いている。

襖を開け、寝所に入ると正座したお品が待っていた。

覚悟を決めた目で家治を見つめ、深く頭を下げる。

「……」

互いに御台への思いを抱え、罪に落ちていくのだな……。

そう思うと、身体から力が抜けた。

ごく自然にお品を抱き寄せ、そのまま布団へと押し倒す。

身をこわばらせるお品を、家治は優しく包み込んでいく。


積んだ書物の中に『南泉斬猫（なんせんざんみょう）』を見つけ、倫子は思わず手に取った。頁を開くと猫の絵が現れ、「懐かしい……」と目を細める。

文机の上には家治が描いた浮世絵が置かれている。

「お品の悩みが晴れて、上様の願いが叶いますように……」

倫子は心から祈った。


手に包帯を巻かれた貞之助が牢の床に倒れている。

懐から夕陽の描かれた栞を取り出そうとして、落としてしまった。必死に拾おうとするが、この手ではうまく拾えない。

お品殿はもう……。

想いが滂沱（ぼうだ）の涙となってあふれ、こぼれ落ちていく。

家治に抱かれながら、お品は倫子に詫び続けている。

倫子様……申し訳ございません……倫子様……。

涙が一筋、つーと流れ、枕を濡らす。

※

翌朝、倫子が御小姓をともない廊下を歩いていると、向こうから高岳がやってきた。

しかも隣にはお品を連れている。

「お品！」

思わず倫子は駆け寄った。

「何をしているのだ？」

しかし、お品は倫子の目を避けるようにうつむいてしまう。

「僭越(せんえつ)ながら」と代わりに高岳が口を開いた。「お品様は此度、御台様の付き人の御役目から離れることに相なりました」

「え……？」

わけがわからずお品の顔をうかがうも、お品はうつむいたまま倫子と目を合わせようとしない。

そこに足音を響かせ、松島がやってきた。

「聞いておりませぬぞ！」と憤然と高岳に詰め寄る。「そなた、一体何を……」

倫子も高岳へと視線を移した。

「お品様は、上様の側室におなりあそばされました」

「!?」

一体、高岳殿は何を言っているのだ……？

勝ち誇ったような高岳の隣で、お品は身をすくめている。

松島の怒りは収まらない。

「総取締の私を通さずにそのような勝手は断じて許しませぬ！」

「しかしながら、お品様はすでに上様との男女の契り(ちぎ)を済まされ、名実ともに側室にあらせられます」

「!?」

倫子は愕然(がくぜん)とお品を見つめる。

「お品……嘘であろう……？」

うつむき、口を閉じたままのお品に、倫子は思わず声を荒げる。

「お品！」

「……」

誰の策略かは一目瞭然だ。

松島はきりきりと歯を鳴らし、憤怒（ふんど）の表情でつぶやく。

「おのれ、田沼……」

上様がお品と……。

想像した瞬間、お腹に激痛が走った。たまらず倫子はその場にうずくまる。

「倫子様？……」

慌ててお品が覗き込むと顔が真っ青だ。お品は抱きかかえるように倫子を支える。耳もとで倫子の苦しげなうめき声が聞こえ、お品の心臓がキュッと縮まる。

すぐに松島が御小姓に命じた。

「奥医師を！」


音を立てて襖を開け、「御台！」と家治が部屋に飛び込む。額に大粒の汗をかいた倫子が布団の中に横たわっていた。

「御台……」

家治はそばに控える奥医師を振り向き、訊ねる。

「何があった？」

「お子が……生まれるようにございます」

「生まれる？　しかし、まだ……」

産み月までは間があるはずでは……。

奥医師の深刻な表情を見て、家治は察した。

月足らずか……。

布団の中の倫子は呼吸も荒く、ひどく苦しそうだ。

「御台……」

思わず家治は倫子の顔へと手を伸ばす。しかし、倫子はその手を払った。

「！」


江戸城近くの寂(さび)れた寺で、定信が隠密から報告を受けている。仔細(しさい)を聞き終え、「ほんによく効く、懐妊祝いだ」と満足そうに笑む。

定信の足もとには白みそ煎餅の欠片と鼠の死骸が転がっている。

「残るは竹千代、そして家治か……」

苦痛にうめきながら、倫子は蔑むような目で家治をにらみつけた。

「……」

手に残ったかすかな痛み、それとは比べようもないほどの心の痛みに襲われ、家治は茫然とその場に立ち尽くす。

8

月足らずで産気づいた倫子が激しい痛みを堪え、必死にいきんでいる。脳裏には泡沫のごとくさまざまな出来事が浮かんでは消える。

上様の描いた学問所の絵を見ながら、この子を丈夫に産み、育てることを誓った。ふたりで微笑み合ったあのときは幸せの絶頂にいて、まさかこんな苦しい思いを抱えながらこの子を産むことになるなど、想像もしていなかった。

お品との関係もそうだ。幼い頃からともに生き、もはや友というよりも家族同然の存在だった。お品自身もいつまでもそばにいると言ってくれた。

それなのに……。

上様の側室となり、すでに男女の契りも済ませたという。

最愛の人が親友と情を交わす。

考えたくなくてもその光景が瞼の裏に浮かび、倫子は怒りと哀しみがないまぜになった激しい声をあげる。

悲しげな嗚咽が御台所の部屋を震わせていく。

中庭まで届いていた倫子の声がいつの間にか止んでいた。

胸の内で荒れ狂うさまざまな感情に揺さぶられながら、家治はじっとその時を待つ。

やがて、静かに襖が開き、松島が出てきた。

「御台は……？　子は無事か!?」

駆け寄る家治に松島が答える。

「……御台様はご無事にございます。……されど……」

小さく首を横に振る松島の背後、開かれた襖の向こうに倫子の姿が見える。

倫子はおくるみに包まれた赤子を抱きしめ、さめざめと涙を流していた。

「……」


お品はその知らせを自室で聞いた。

「それは小さな姫君だったそうで、お生まれになったときにはもう……」

報告に訪れたお玲が悲しげに顔をゆがめる。お品は居ても立っても居られず、倫子のもとへ向かおうとする。

そのとき、高岳がやってきた。

お品の前に立ちふさがり、小さく首を横に振る。

自分がしてしまったことを思い出し、お品はその場に崩れ落ちる。

倫子への罪悪感に苛まれ、顔を覆い、嗚咽した。


自室に招いたお知保と対座するや、松島は自分に言い聞かせるように切り出した。

「死産などよくあることです。気に病むことはない」

お知保はしかと松島を見据え、言った。

「……私は、何もしておりませぬ」

松島の目が驚愕のあまり見開かれる。

「……では、なにゆえに……」


田安家の屋敷で定信が隠密と将棋を指している。

「命とは儚いものだ」

隠密は顔を覆った布の隙間から覗かせた目で、定信が動かした駒を見つめる。

こちらを食いつかせるための罠か……。

この方はいとも簡単に駒を捨てる。

「わしを人でなしと思うか？」

「……」

「最初にあらゆるものを奪ったのは、あの男だ」

幼き頃より二歳上の竹千代には負けじと学問にも剣の稽古にも懸命に励んできた。しかし、吉宗公が世継ぎに選んだのは竹千代だった。

八歳の端午の節句の際、吉宗公に告げられた言葉は今も耳に残っている。

「将軍家の世継ぎは……長子継承（ちょうしけいしょう）の習わしにより竹千代じゃ。賢丸（まさまる）、お前はよく竹千代を支えよ。わかったな？」

納得できずに黙っていると、「返事をせい！」と一喝された。

恐ろしくて、「はい……」とうなずくしかできなかった。

それだけではない。

ずっと秘めた思いを抱いてきた初恋のおなご、倫子まで奪われた。

家治への憎悪を噛みしめながら、定信は隠密の陣を攻めていく。

「何が長子継承の習わしだ……。より優れた者が跡を継ぐことこそ、世の理（ことわり）であろう」

防戦一方の隠密の駒たちを蹴散らし、定信は『龍王』の駒で王を追いつめる。

「これから先は、わしがすべてを奪う番だ」

三つ葉葵の家紋を背に、家治が座っている。対座する田沼が平伏し、口を開いた。

「此度はまことに……ご愁傷様(しゅうしょうさま)にございます。胸をたいそうお痛めのことと存じますが、ここはやはりお子は多いに越したことがないとおわかりいただけたかと」

「……」

「引き続き何とぞ、お品様と新しいお子を……」

子を失った直後の父親にこの言い草……。

家治は立ち上がると田沼の胸ぐらをつかんだ。顔に引き寄せ、激しくにらみつける。

しかし、田沼は動じずにらみ返してくる。

「……」

この者には人の情など欠片(かけら)もないのだ。

虚しくなり、家治の手から力が抜ける。

「……今すぐ出ていけ」

「……」

部屋を出たお品がうつむきながら廊下を歩いている。すれ違う上級女中たちがあからさまに好奇の目をお品へと向ける。目を伏せていても視線は感じる。ついには実際には発せられていない声まで聞こえてきた。

「よくもまあ、御台様を裏切って」

「此度のこと、すべてお品様のせいでは？」

「御台様がお可哀想」

やめて……やめて……やめて……！

ふいに呼吸が苦しくなり、お品はあえぎながらその場に座り込んだ。

「どうされたのです？」と駆け寄ってきたのは高岳だ。

「……眩暈（めまい）が……」

続いて激しい吐き気に襲われ、お品がえずく。

小刻みに震える背を撫でながら、高岳がつぶやく。

「まさか……」


中奥のいつもの部屋で田沼がひとり手酌（てじゃく）で飲んでいる。

先ほど家治から向けられた目がいつまでも心に残り、酒をまずくする。

どんなに強い怒りを向けられても何も感じないが、人の心が通じぬとばかりに蔑まれるのはさすがに堪える。

そういえば松島も言っていたのぉ。

わしと飲む酒こそが泥水だった……と。

ふんと鼻を鳴らし、杯(さかずき)を空けようとしたとき、勢いよく襖が開かれた。

「田沼殿！」と入ってきたのは高岳だった。

怪訝そうに目をやる田沼に興奮で言葉をつかえながら告げる。

「お品様が……お品様が……お子を、授かったようにございます！」

「まことか!?」

「はい！」

途端に美酒と化した酒をあおり、田沼は勝ち誇ったように笑った。

※

お品の懐妊によりさらに激しく揺れ動く大奥のなか、倫子は受け入れがたい深い悲しみに沈み、それは否応なく夫婦の仲をも蝕(むしば)んでいく。

季節は移ろい、すでに夏も終わろうとしている。

中庭では竹千代が蝉の抜け殻を拾うのに夢中になっている。木陰から松島が愛らしいその姿を見守っている。

「あった！　ありました！」

得意げに抜け殻を差し出す竹千代に、「よかったですねぇ」と笑みを返す。

しかし竹千代がそばを離れるや、その表情はすぐに険しいものへと変わる。

お品が無事に子を産み、しかもそれが男児となれば、新たな世継ぎ候補となる。後ろ盾となっている高岳の大奥内での力は否が応でも増していくだろう。

いつまで経っても邪魔なおなごよ……。


「上様のおな～り～」

御坊主(おぼうず)の声とともに襖が開き、家治が御鈴廊下に入ってきた。長い廊下の両側に控えた奥女中(おくじょちゅう)たちが一斉に平伏する。

だが、一番手前の御台所の位置に今朝も倫子の姿はない。

その空席を一瞥(いちべつ)し、家治は歩きだす。松島、高岳、お知保と続き、次にお品が立ち上がった。かすかにふくらむお腹に手を添え、家治の後ろを歩いていく。

お知保はチラとお品に目をやる。視線に気づきつつ、お品は前だけを見て堂々と歩く。

ようやく側室としての振る舞いが板についてきたお品に、高岳は満足げに鼻を高くする。そんな高岳の様子に、松島の苛立ちが募っていく。

御小姓たちを引き連れた松島が廊下を歩いていると、向こうから朝霧と夜霧を連れた高岳がやってきた。朝霧と夜霧が持つ盆には数多の献上品がのせられている。

互いに足を止め、向き合う。

「これはどうも荷物が多く、失礼つかまつります」と高岳が愉しげに話しはじめる。「私の部屋子であるお品様のご懐妊がわかった途端に、諸大名からの献上品があとを絶たず。年明けには上様のお子にお会いできるかと思うと、楽しみで楽しみで」

「私も大変楽しみにございます」と松島は笑みを返した。「さぞかし可愛らしい姫君にございましょう」

にこやかだった高岳の表情が豹変した。

「若君です！　若君に決まっています！」

余裕の笑みを浮かべたまま松島は去っていく。その背中に高岳は吐き捨てた。

「相変わらず鼻につく……。今に見ておれ」

同じ頃、お知保は御小姓らとともに外廊下を歩いていた。手にのせた蝉の抜け殻を隣の御小姓に見せ、自慢する。

「竹千代君がくれたのです。今日は六つも拾ったらしい」

「まあ。健やかにお育ちですね」

「はい」

そのとき、少し先の縁側のほうから声がした。

「御台様、お部屋に戻られませんか？」

お知保が目をやると、倫子が寝衣姿のまま縁側に腰かけていた。

御小姓のお凛が困ったように続ける。「御食事の用意が整いましてございます」

しかし倫子は応えず、焦点の結ばぬ目でぼんやりと遠くを見つめている。

気になり、お知保は歩み寄った。

「御台様……。本日の総触れもつつがなく終えましてございます」

倫子はゆっくりとお知保へと顔を向けた。

「……そうですか。長らくお務めをお休みし、申し訳ございません」

「いえ……」

「……それは？」

倫子が見ているのはお知保の手だった。

「蝉の抜け殻にございます」とお知保は手を広げて倫子に見せる。「夏も終わりに近づき庭のあちこちに落ちてございます」

じっと抜け殻を見つめていた倫子の口からぽろっと思いがこぼれた。

「……よかったですね」

「？」

「蛹（さなぎ）から……立派な大人になれたのですね」

「……」

「……お品がお子を授かったと聞きました……まことですか？」

「……はい」

「……そうですか」

空虚な倫子の目からはどんな感情もうかがい知れず、そのことがなおいっそうお知保の胸を痛めるのだった。


「御台様はまるで……魂が抜けてしまったようなご様子で……」

つらそうな表情でそう報告するお知保に、松島は冷たく言った。

「子など産もうとするからです」

「？……」

「公家の正室は代々身体が弱く、丈夫なお子を産めた試しがございませぬ。それもあり、大奥では健康な側室が代わりに世継ぎを産むものと暗黙に定めてきたのです」

「……」

「お知保の方様はその務めを見事に果たされました。この先何があろうと、竹千代君を世継ぎに押し上げようぞ」

覚悟を決め、お知保は強くうなずく。

「はい」

そこに乳母に連れられ、竹千代が入ってきた。

「母上！」とお知保に駆け寄ってくる。「また見つけました！」

小さな拳を開き、手の中の蝉の抜け殻を見せる。

「おぉ。すごいなぁ」

お知保はその柔らかな頬に優しく触れた。竹千代が嬉しそうににまぁと笑う。

ふと、さっきの倫子の声がよみがえる。

『蛹から……立派な大人になれたのですね』

お知保は思わず竹千代を抱きしめた。

「母上……？」

「……そなたは必ず、大きくなるのですよ」

竹千代はきょとんとお知保を見上げる。

「必ず……」

祈りを込め、お知保は息子を強く抱く。

そんなお知保の姿を松島がじっと見つめている。


ほとんど手のつけられていない御膳を下げ、御小姓が部屋を出ていく。ひとりになると倫子は引き出しから学問所の浮世絵を取り出した。

生き生きと描かれた子供たちの姿を見るうちに虚しさが募っていく。紙を持つ手に力がこもり、絵にしわが寄っていく。


家治もまた、倫子の作ったトンボ柄の懐紙入れを見つめていた。

『私は……上様の妻として生きたいのです』

『この城で誰よりも寂しそうなあなた様を、幸せにしたい』

御台がくれた言葉と思いは、己の暗い心を照らすただ一つの灯だった。

それなのにわしは……。

意を決し、家治は部屋を出た。


いきなり家治が現れ、御台所の部屋前に控えていた御小姓たちは慌てて平伏した。

「御台は？」

頭を下げたままお凛が答える。

「……中に」

閉ざされた襖越しに家治は倫子に声をかけた。

「御台、聞こえるか？」

しばし待っても返答はない。

「そなたに……打ち明けたいことがある。ふたりで話せぬか？」

やはり返答はない。

だからといって、引き返すわけにはいかない。家治は襖に手をかけた。

「……入るぞ」

襖を開けると、部屋中に破かれた紙片が散らかっている。よく見ると、自分が描いた学問所の絵だった。

「！……」

倫子は背を向けたまま、肩を震わせ、泣いていた。

「申し訳ございません……。今は……上様のお顔を見るのが、どうしようもなくつらいのです……。あの子を、思い出して……」

「……」

倫子は自分のお腹に触れ、弱々しくつぶやく。

「たしかにここで……生きていたのに……」

その深い悲しみに、家治は言葉を失い、ただ立ち尽くす。


蔵の窓から沈んでいく夕陽を眺めながら、お品がつぶやく。

「貞之助様……もうじき、あなた様を救えます……」

その手がわずかにふくらんだお腹に触れる。

「お品様」

「！」

振り返ると、すぐ後ろに猿吉(さるきち)がいた。まるで気配を感じなかったので、お品は驚く。

「どうして……」

「やはりこちらにおいででしたか。お品様にどうしてもお会いしたくて秘密裏に――」

「すぐに出るのです！」とお品がさえぎる。「こんなところ、誰かに見られたら……」

毅然とした顔つきで猿吉は訊ねる。

「お身体は大丈夫にございますか？」

猿吉……。

「何か足りないものはございませぬか？　この猿吉が電光石火のごとく買ってまいります！」

「……優しさは……無用です……」

「……」

「私は……倫子様を……」

その名を口にした途端、罪悪感が押し寄せ、お品は思わずお腹を押さえた。

そんなお品に猿吉は言った。

「……お腹の子は幸せになれるのですか？」

「……え？」

「今のお品様はとても苦しそうで……ちっとも幸せそうじゃありませぬ！」

「……」

「母親に望まれてもおらぬのに産み落とされても、お子が……可哀想にございます！」

「！……」

真っすぐな思いをぶつけられ、お品は戸惑う。

自分の罪を突きつけられた気がした。


部屋に戻ると、お品は棚に隠していた香を取り出した。御小姓のお梅が倫子様に使おうとしていた香だ。

これを焚けば子が流れるやもしれぬ……。

香炉に据え、お品は香に火をつけようとした。

そのとき、腹の中で子が動いた。

「!?」

驚き、おそるおそるお腹に触れる。

ふたたび胎動を感じた。

「……怒っておるのか？」

応えるように子が腹を蹴る。

この中にあるのは罪なんかではない。

小さな命が宿っているのだ……。

「……すまない……すまなかった……」

お品はお腹を守るように身を丸めながら、愚かな自分を何度も詫びた。


「失礼いたします」

倫子がぼんやりと振り返ると、襖が開き、お平が顔を出した。

「松平定信様から贈り物が届いております」

「賢丸から……」

どうにか倫子を励まそうとお平は明るく言った。「お毒見したところ大変美味しい最中にございました！　御台様もぜひ」

「……」

お平が去り、残された最中の箱を倫子は見つめる。

もしやと中箱を外すと、やはり文（ふみ）が入っていた。

さっそく手に取り、読みはじめる。

『今宵、夜空をご覧ください。どんな暗闇にも、花は開きます』

「？……」

倫子は部屋を出て、縁側から夜空を見上げた。

広がっているのは暗い闇だ。

頼りなげにいくつかの星が瞬いている。

これが花とでも言いたいのか……。

そのとき、突然闇に光が放たれ、夜空に大きな花が開いた。

花火だ。

遅れて「ドン！」と音が鳴る。

次々と打ち上がり、夜を彩っていく花たちを倫子はあっけにとられるように見つめた。

大きな花がいくつも咲き、消えていく。

その美しい光景を見ながら、いつしか倫子は微笑んでいた。


「倫子殿には悪いことをしたのぉ」

花火を見上げながら、定信がそばに控える隠密に話しかけている。

「しかし、あの男が次々に側室を設けた理由は田沼の差し金だったか」

隠密が定信にうなずく。

「政(まつりごと)だけではなく世継ぎまで言いなりとは……。このまま田沼の配下となれば、市中に賄賂(わいろ)があふれ、ずる賢い者だけが得をする腐った世になるであろう」

道の隅に無気力に横たわった無宿者たちには、この美しい花火さえ見えてはいない。

「これ以上、無能な将軍にこの国を任せてはおけぬ」

打ち上がる花火に定信は己の決意を重ねる。

「のろしは上がった」


花火の音が響くなか、家治が庭園の一角で黙祷(もくとう)している。

手を合わせる家治の前には、小さな松の植木がある。

ゆっくりと開けたその目には、決意の光が宿っている。

「……」

※

季節はめぐり、吐く息も白くなる冬の朝、お品は出産の時を迎えていた。

部屋中に苦しげにうめくお品の声が響くなか、高岳も一緒になっていきんでいる。

「まだか!?　まだなのか!?」

股の間に身体を入れた産婆が答える。

「もう少しにございます！　あ、頭が！　……おいきみなされ！」

お品のいきみ声がさらに大きくなる。

「若君か!?　若君であろう!?」

お品は汗だくになりながら痛みに耐え、必死にいきむ。

その横で高岳は呪文のように繰り返す。

「若君じゃ……若君……若君……」

「あああぁぁぁぁ！」

そのとき、大きな産声があがった。

産婆の手の中で赤子がぎゃんぎゃんと泣いている。

「どうじゃ!?」

産婆が高岳に答える。

「元気な、若君にございます」

高岳は思わず雄叫びをあげた。

「ほら見たことか！！！　はあああああ！」

精も魂も尽き果てたお品は、ただただ安堵の息をつく。

その夜、月明かりのみの暗がりのなか、田沼が牢屋を奥へと進んでいる。突き当たりの牢の前で立ち止まり、横たわっている貞之助に声をかける。

「葉山殿。目をお覚ましくだされ。お品殿が見事にお務めを果たされましたぞ。これでそなたは自由の身です」

しかし、なんの反応もない。

「……葉山殿?」

鍵を開け、田沼は牢の中へと入る。青白い月光に照らされた貞之助をよく見ると、すでに息絶えている。

貞之助の手には、一枚の栞がしっかりと握られている。

田沼はそれを手に取った。

「……」

産後の肥立ちもよく、お品の心身はすぐに回復した。高岳が見守るなか、部屋に田沼を呼び寄せ、対座する。

「約束通り、貞之助様をお助けいただけますか」

田沼は黙って一枚の栞を差し出した。美しい夕陽が描かれている。

「……?」

「葉山殿からお預かりしました。お品様に渡してほしいと」

「……貞之助様は？　ご息災ですか!?」

「……今頃、はるか遠くの島で得意の料理でも振る舞われているのではないですか？」

その姿を想像し、お品の顔に笑みがこぼれる。そして、愛おしげに栞を見つめた。

「お品の方様。我らはそなたが産んでくださった若君を必ずや次期将軍に押し上げます。そして、この世にお生まれになったことを決して後悔させませぬ。此度はまことに……大儀（たいぎ）でございました」

田沼はお品に深々と頭を下げ、高岳もそれにならう。

お品は驚き、訊ねた。

「私の子を将軍に？　しかし、上様にはご嫡男（ちゃくなん）の竹千代君がおられるではないですか」

「はい。されど、お品の方様こそ将軍生母の器にふさわしいお方と考えております。それにもし竹千代君がお世継ぎになられた場合、お品様の若君は生涯日の当たらぬところで生きることとなるでしょう」

「？」

「竹千代君を脅かす存在として、この城を追われ……最悪の場合……」

亡き者にされるというのか……!?

「それゆえなんとしても若君を将軍に押し上げる必要があるのです。何とぞ、ご覚悟を」

「……」


御小姓を連れた倫子が外廊下を歩いている。ふと中庭に目をやると家治がいた。隣には赤子を抱いたお品の姿もある。

「！」

生まれたばかりの赤子を愛でるふたりから目を背け、倫子は踵を返した。


赤子の柔らかな頬に触れ、家治はお品に言った。

「そなたには礼を申す」

袂に入れた栞に触れ、お品は覚悟を決めた。

「上様。差し出がましいとは存じますが、一つだけお願いがございます」

「……なんだ？」

「若君のご幼名に……『貞』の字を入れていただけないでしょうか?」

唐突な申し出に家治は戸惑う。

お品は懐から紙を取り出し、開く。そこには『貞』の一文字が書かれていた。

「『貞』という字には強い意志を貫くという意味が込められているそうにございます。私は大切な人を傷つけてまで……母になりました。そのときの罪と……愛を忘れずに」

お品は貞之助の姿を思い浮かべながら、家治に訴える。

「この子を守り通すという強い覚悟を、この名に込めたいのです」

沈んでいく夕陽がお品の顔を赤々と照らす。燃えるような瞳に、確固たる強い意志を感じ、家治はうなずいた。

「……では、貞次郎とするか」

「!」

家治は赤子に向かって優しく告げる。

「今日からそなたは、貞次郎だ」

安堵とともに強い喜びが込み上げ、お品は顔をほころばせた。

肩を落とし、倫子が部屋へと戻るとお平がやってきた。

「御台様。此度も素敵な贈り物が届いております」

「！　……賢丸から？」

「はい」

沈んでいた倫子の表情が少しだけ明るくなる。


長局に戻ったお平が、お菓子を食べながら昭島とお玲に御台所の近況を話している。

「いまだにおつらいでしょうが、定信様から贈り物が届いたときだけは、笑顔をおこぼしになって」

「ほんに優しいお方ですね～、定信様は。御台様を励まそうと……」

素直に感動するお玲をさえぎるように、昭島が言った。

「匂います……匂いますねぇ～」

「何がです？」とお平が訊ねる。

「いくらなんでも贈り物が届きすぎではありませぬか？　もしや、あのふたり……」

昭島の勘ぐりにお平とお玲もハッとなる。

届いた甘菓子（あまかし）の中箱を取り出すと、やはり文が隠されていた。嬉しそうに手に取り、倫子はさっそく読みはじめる。

『間もなく増上寺代参の時期がやってまいりますね。かつて江戸の町を散策した日のことを覚えておいででしょうか』

倫子は記憶をめぐらせる。

町娘の格好をして、賢丸と町に繰り出した。物欲しそうに出店の簪を見ていたら、賢丸が買って、髪に挿してくれた……。

『あのときのように、今一度お会いしたく存じます。我らの思い出の地、浜御殿でお待ちしております』

倫子は棚にしまっていた簪を取り出し、懐かしそうに目を細めた。


眼前に控えた幕臣たちに家治が、民の基本的な学力が国にとっていかに大切かを説いている。考えを話し終え、家治は告げた。

「まずは二十の学問所を開く。各藩に急ぎ方針をまとめるよう申し伝えよ」

「はっ！」と松平武元が平伏する。しかし、すぐに田沼が割って入った。

「僭越ながら上様、今はどこの藩も財政が逼迫しており、学問所に経費を回す余裕はないものと存じます。どうかこの計画は、今しばらく先送りに……」

「藩の財政が厳しいならば、幕府から金子(きんす)を出せ」

まさかの言葉に幕臣たちが動揺する。田沼はじっと家治を見つめる。

「そなたが強(し)いた政策により、商人(あきんど)たちから巻き上げた銭が幕府の蔵には山ほどあるであろう」

田沼は家治を見据えたまま、言った。

「しかし、その金子は国を守るため……」

家治は先の主張を繰り返した。

「学問こそ国を守る礎(いしずえ)だ。古い習わしにとらわれず、身分の隔(へだ)てなく優秀な人材を育てねば、やがてこの国は諸外国に侵略され、この幕府も消えてなくなるであろう」

「……」

家治は幕臣たちへと視線を移し、言った。

「皆もしかと心得よ」

「はっ！」

幕臣たちが平伏するなか、田沼は心の中で舌打ちをする。

「理想ばかり語りおって……」

田沼が苛立ちながら廊下を歩いていると前から松島がやってきた。すれ違いざま田沼のほうから声をかけた。

「此度はまことにめでたいですなぁ。竹千代君にご兄弟がおできになって」

「そなたが何をしようと無駄でございましょう。長子継承の習わしにより、お世継ぎはご嫡男の竹千代君と決まっております」

「お忘れか?」と田沼は笑った。「某の意向に上様は必ず応じることを」

「!」

「松島殿ともあろうお方が、浅はかでございましたなぁ」

去っていく田沼を見送る松島のなかに、さらなる焦りが生まれていく。


中庭で貞次郎を抱いた高岳がとろけるような顔でその頬を触る。

「ほんに可愛いなぁ。ああ、なんという肌触り……」

高岳のそんな姿を見たことがなかったから、お品は苦笑してしまう。

そこに朝霧と夜霧がやってきた。

「あの……私どももお顔を拝見しても……?」

今まで敵意しか向けられてこなかった朝霧からそんなことを言われ、お品は戸惑いながらも、「はい」とうなずく。

朝霧と夜霧は高岳に抱かれた貞次郎を覗き込み、笑顔をこぼした。

「まことに可愛い……聡明さがにじみでております」

「こんなふうに赤子を愛でられる日が来ようとは……」

ふたりの様子にお品も思わず笑顔になる。

そんなお品に高岳が言った。

「お品の方様。我らの手でなんとしても貞次郎君をお守りしようぞ」

「はい」とお品は強くうなずく。

※

「話とはなんだ？」

謁見(えっけん)の間の上座についた家治が対座する松島に声をかける。平伏していた松島が顔を上げ、切り出した。

「お世継ぎの件にございます」

煩(わずら)わしいとばかりに家治の目に不快の色が宿るが、松島は気にせず続ける。

「かつて大奥はふたりの後継者がぶつかり合い、大きく揺れ動いておりました。上様もご存じかと」

ご存じも何も己のことだ。

「しかし、大御所の吉宗公がお世継ぎは家治様であると宣言されました。そのおかげで無用な争いは収まり、事なきを得たのです」

「……」

「今、あのときのように大奥は竹千代君を推す者と貞次郎君を推す者で真二つに分かれております。何かよからぬ争いが起きる前に、お世継ぎはご嫡男の竹千代君であると広く宣言していただきたいのです」

私心ゆえの申し出であることは百も承知だが、世継ぎ問題が起こるのは本意ではない。

家治は松島にうなずいた。

「そなたの思いはわかった。しかと考えておく」

「ありがとう存じます」

家治が戻ると田沼が部屋の前で平伏している。

「……なんだ?」

顔を上げ、田沼が言った。

「お世継ぎの件にございます」

今度はこやつか……。

仕方なく部屋に招き入れる。開口一番、田沼は言った。

「松島殿にお世継ぎは竹千代君にされるよう、念を押されたのではございませぬか？」

「松島の言うことも一理ある」

「されど上様は古い風習を変えられたいとか？」

「……」

「生まれた順により世継ぎを決める習わしは、まさに人から自由と可能性を奪う悪しき風習と心得ます。ここは一つ、某の先見の明を信じ、お品の方様の若君である貞次郎君をお世継ぎにお選びくださいませ」

「……」

「御台様を裏切られてまでもうけた、大切なお子なのですから」

田沼は懐から古い扇子を出し、扇面に描かれた寶舟（たからぶね）の紋を見せつけるように扇ぎはじめる。

相変わらず廊下で楽しそうに話している昭島、お平、お玲を見かけた倫子は、三人を部屋に招いた。

「私だけでは食べ切れませんので、皆さんもぜひ」と定信から届いた甘菓子を配る。

「ありがとう存じます！」とお平は顔を輝かせ、「ありがたき幸せ」とお玲は感激。昭島はクンクンと鼻を鳴らし、「なんとまあ、甘美な香り……」とうっとりしたあと、とんでもないことを口走った。

「この甘菓子のように御台様と定信様も、甘～い御関係――」

慌ててお平が昭島の口に甘菓子を突っ込む。

「？」となる倫子に、「美味にございま～す」と笑って誤魔化す。

「そういえば」とお玲が話題を逸らすべく話しかけた。「お世継ぎの件、どうなるのでしょうねぇ」

「お世継ぎ？」と倫子が訊ねる。

「上様は竹千代君と貞次郎君、どちらにお決めになるのか、大奥はその話で持ち切りにございます」

「もちろん、竹千代君にございましょう」とお平が返す。「代々嫡男が選ばれる、長子継承の習わしがございます」

すかさず昭島が異議を唱える。

「されど、上様が絶大な信頼を寄せている田沼様は、強く貞次郎君を推されているご様子」

「はてはて、どちらになるのか」

「お子がふたりもおられると迷われて大変ですねぇ」

三人の会話を聞きながら、倫子はまた虚しさに襲われる。


三人を帰したあと、倫子は中庭に出た。

「……ふたりではなかろう」

つぶやき、たしかにそこにいたはずの我が子を思い出しながら、お腹を撫でる。

そこに家治がやってきた。

「御台？」

倫子は振り向くことなく、庭の一角を見つめている。

「何をしておる？」

「……竜胆(りんどう)の花、いつの間にか……枯れてしまったのですね」

つい先日まで美しい青紫の花を咲かせていたと思ったのに、今や薄茶色に萎(しお)れてしまっている。

「咲いているときは美しいですが、枯れてしまうと……寂しいですね。まるで最初からいないみたいに。ここにあったことすら、皆に忘れられて……」

寂しげに枯れた竜胆を見つめる倫子に家治が言った。

「そなたに見せたいものがある」

「？」

倫子を連れ、家治が向かったのは庭園の一角だった。そこには松の若木が植えられていた。

「これは……」

「松の木だ。一年中、変わることなく緑の葉を保ち、枯れることがない。そして、千年生きると言われておる」

「……」

「……わしはこの松に……娘を思っている」

「！……」

振り返った倫子を家治は強く見つめる。

「わしは、生涯忘れぬ。そなたが長い間、身体の中で大事に育て、わしらのもとに生まれてきてくれた娘のことを……決して忘れはせぬ」

「……」

「父として、娘に恥じぬ世を作ると誓ったのだ」

家治は松に向かって手を合わせ、静かに黙祷する。

傍らにある立て札には『千代姫(ちよひめ)』と記されている。それを見て、倫子の中に熱い思いが込み上げてくる。

上様……。

家治の隣に立ち、倫子も松に手を合わせ、黙祷する。

「私も……なかったことにはいたしません。この子が運んでくれた喜びも、悲しみも……すべて抱えて生きてまいります」

「……」

「……千代姫。いい名です」

愛おしい眼差しで倫子は松の若木を見つめる。

冷たい風が吹いた。

家治は羽織(はおり)を脱ぎ、倫子の肩にかけようとする。

しかし、その手が止まった。

いつか手を払われたときの倫子の蔑むような視線が頭をよぎったのだ。

「……」

羽織を手に動けない家治に気づかず、倫子は黙祷を続ける。


屋敷に戻った倫子が廊下を歩いていると、ものすごい勢いで竹千代が角を曲がってきた。避けきれずぶつかった拍子に、竹千代が持っていた松ぼっくりが廊下に散らばる。

「大事ないですか!?」と倫子が竹千代を気遣う。

「はい……」

慌てた様子でお知保がやってきた。

「申し訳ございませぬ」と倫子に頭を下げる。

「いえ……」

「竹千代君。城の中で走ってはなりませぬよ」とお知保が優しく竹千代を諭す。

「はい……」

倫子は散らばった松ぼっくりを拾い、「どうぞ」と竹千代に渡した。

「ありがとう存じます」

手に戻った松ぼっくりを見て、竹千代は二つを倫子に返した。

「?」

「御台様と、妹の分にございます。竹千代にはとても可愛い妹がいると、母上から聞きました」

驚き、倫子は思わずお知保を見た。

お知保は倫子にうなずいてみせる。

その心根に打たれ、倫子は竹千代を抱きしめた。

「ありがとう……そなたは優しい兄上ですね……」

腕の中に感じる小さな身体とその温かさに、倫子の心がほぐれていく。

そんなふたりを優しい眼差しでお知保が見守っている。

同じ頃、家治は部屋に飾られた徳川の家紋を見つめていた。

世継ぎは竹千代か貞次郎か……。

ここで判断を誤れば大きな禍根(かこん)となり、のちのち幕府を揺るがしかねない。

家紋の葵は三つ葉が支え合い、それによって調和を保っている。

家治は思う。

これこそが徳川家の生き方だ、と。

翌朝、総触れに現れた倫子を見て、奥女中たちがざわついている。昭島やお平、お玲は御台所の復帰を歓迎するが、朝霧ら高岳派の女中たちはうとましい思いが顔に出る。

そんななか、お品は複雑な表情で倫子をうかがう。

倫子はしっかりと背筋を伸ばし、御台所の位置に凛と座っている。

「上様のおなりにございます」

御坊主の声とともに家治が入ってきた。着座し、平伏する女たちを見渡してから、ゆっくりと口を開いた。

「今日は世継ぎの件で申し伝えたきことがある」

松島、高岳、お知保、お品……深く関わりのある四人の間に緊張が走る。

「わしには三人の子がいる。竹千代、貞次郎、そして千代姫だ」

家治の口から出た姫の名に、倫子の目もとがふっと柔らぐ。

「いずれも大切な我が子であり、優劣などない。この先、子らには互いに争うのではなく徳川家紋の三つ葉葵のように支え合うことで、天下泰平の世を築いてもらいたい」

静まり返る一同に向かって、家治は告げる。

「それゆえ世継ぎは、兄弟の要となり、支えられる者として……年長者である竹千代に任せる」

「！」

「竹千代には、その証(あかし)として『家基(いえもと)』の名を与える。この先いかなることがあろうと、世継ぎは家基だ。しかと心得よ！」

松島は万感の思いを込め、家治に応える。

「承知仕りました」

お知保の顔にも安堵の笑みが浮かぶ。

いっぽう、高岳は茫然とし、朝霧や夜霧も肩を落とす。

そんな悲喜こもごもを見渡し、倫子はお品へと視線を移した。

お品は悔しそうに顔をゆがめ、膝に置いた拳を強く握りしめている。

今まで見たことがないきつい表情だった。

お品……。


御座之間を出た家治が部屋に戻っていると廊下の向こうから田沼が現れた。これ見よがしに古い扇子を扇ぎながら、家治に訊ねる。

「お世継ぎの件、どういうことにございましょうや？」

「……」

顔を近づけ、扇子を首筋に当て、ささやく。

「己の立場をお忘れか？」

次の瞬間、家治は扇子を奪い、真二つに折った。

「！」

「将軍は、このわしだ。わしが決める」

折れた扇子を田沼に返し、家治は毅然と去っていく。

その背を見送る田沼の目に憎悪の炎が燃え上がっていく。


江戸城近くの寂れた寺で、定信が倫子からの文を読んでいる。

『私もお会いしたく存じます。代参の日に、浜御殿で』

微笑みながら文をしまうと定信は表情を引き締めた。そばに控えた隠密に告げる。

「世継ぎは家基に決まったか。では、消さねばならぬな」

「……」

「代参の日は人が出払い、城の守りが手薄になる。やるならその日であろう」

命を受けた隠密は、無言のまま去っていく。

その足に履いているのは相も変わらずくたびれた古い草履で、任務に支障がないのかと定信は少し気になった。


そして、代参の日――。

中庭の片隅で家基が絵を描いている。

描かれているのは羽織袴姿の男で、どうやら父の家治のようだ。最後に羽織に三つ葉葵を描き、「できた！」と立ち上がった。

絵を手にしたまま、家基は元気に駆け出していく。

「家基様!?　お待ちくださされ！」

慌てて乳母が声をかけるも、すでに家基の姿は見えなくなっている。

植え込みを曲がったところで、家基は前から歩いてきた男と衝突してしまった。男はぼろぼろになった古い草履を履いている。

見上げた家基の視線が男の昏い視線とぶつかる。

感情を殺した冷たい目で家基を見下ろしているのは、猿吉だった。

9

「松島！」

父の絵を描きながら、家基がそばで見守る松島に声をかける。

「なんです？　家基様」

「わしも大きくなったら父上のようになれるか？」

「ええ、なれますよ」と松島は優しい眼差しを向けた。「家基様は立派な将軍となられるのです」

嬉しそうに笑う家基を見て、松島の心は幸せに満たされる。大奥に上がってから、これほど穏やかな心持ちになったことはなかった。

そのとき、お知保が中庭にやってきた。

「松島様。それでは代参（だいさん）に行ってまいります」

「はい」

「母上！」と家基がいきなり抱きついてきた。普段離れて暮らしている分、顔を合わせるとすぐ甘えてくる。そんな息子がお知保は愛しくて仕方がない。

「お土産をたーんと買ってまいりますからね」

「はい！」

仏花を手にした家治が庭園を訪れると、松の若木の前に倫子がいた。黙祷する、その横顔を見ているだけで家治の胸は痛んだ。

祈りを終え、目を開けた倫子は家治に気がついた。

「あ、上様……」

「もうすっかり、春だな」

「はい。このあと、代参に行ってまいります」

「そうか」

「はい。……では」

「……ああ」

ふたりの間のぎこちなさはまだ消えてはいない。よそよそしく去っていく倫子の背中を家治は切なく見送った。

門のところに参拝に出かける奥女中たちが並んでいる。久しぶりの外出に、どの顔も期待にあふれ、話し声がかしましい。

そんななか、倫子は用意された駕籠に乗り込んだ。

「出立！」

添番の号令とともに駕籠が上がり、門を出ていく。奥女中たちがそのあとに続く。その様子を物陰からじっとうかがう目がある。

猿吉だ。

定信の隠密として大奥に潜り、さまざまな情報を伝え、時には手も汚してきた。

そして今度もまた……。

定信の声が耳の奥によみがえる。

『世継ぎは家基に決まったか。では、消さねばならぬな』『代参の日は人が出払い、城の守りが手薄になる。やるならその日であろう』

「……」

すべての憂慮を無理やりしまい込み、猿吉は旧知の門番に笑みを向けた。

「五菜の猿吉にございます！　表使いのお玲殿に御目通りしたく参上いたしました！」

「またお前か。入れ」

「ありがとう存じます！」

足どり軽く大奥へと入る。人目が切れた途端、その瞳が冷たい光を放ちはじめる。

浜御殿の中庭で定信が池を眺めている。

「賢丸」

声に振り向くと、こちらへとやってくる倫子が見えた。思いのほか早い登場に、顔から自然に笑みがこぼれる。

池の周りを散策しながら、定信は倫子に訊ねた。

「その後……お身体はいかがですか?」

「少しずつですが気分も晴れて……。賢丸には文や贈り物で幾度も励ましてもらって、感謝しています。今日はどうしても会ってお礼を言いたくて」

そう言って倫子は丁寧に頭を下げた。

「ありがとう」

安堵し、定信は微笑んだ。

「お役に立てたなら光栄です」

倫子も笑みを返す。ふたりの間に幼なじみならではの親密な空気が流れはじめる。

何げなさを装い、定信が訊ねる。

「そういえば、お世継ぎが無事に決まったそうですね」

「はい」

「これで大奥は安泰にございましょう」

「……」

倫子は家治が世継ぎを家基と決めたときのお品の悔しげな顔を思い出す。

果たして安泰なのだろうか……。

「倫子殿？」

倫子はとっさに笑顔をつくり、懸念を誤魔化した。

「いえ……」


お品は代参には行かず、高岳とともに田沼と会っていた。中奥の一室に入るや、「話が違うではないですか！」と高岳は田沼を問い詰める。「貞次郎君を世継ぎにお選びになるよう、上様を説き伏せてくださるのではなかったのですか!?」

渋面のまま田沼は答えない。高岳はなおも迫る。

「一体、どうするのです？」

ようやく田沼は重い口を開いた。

「……手立ては一つ。家基様には……消えていただくしかあるまい」

高岳の顔色が変わった。

「まさか……殺めるのですか？　それはさすがに……天罰が下りましょう……」

「……」

沈黙を破るようにお品が言った。

「抜かりない松島様のことです。このままでは貞次郎君は家基様を脅かす存在として、この城を追われ、最悪の場合……命を奪われるやもしれませぬ」

母の顔でお品はふたりをしかと見据える。

「私はあの子のためでしたら、どんなことでも致します……人の道など、とうに外れているのですから」

お品の強い覚悟に気圧され、田沼と高岳は押し黙る。

浜御殿の縁側で倫子と定信が昔話に花を咲かせている。

「勝負しませんか？　昔のように」

そう言って定信は独楽を差し出した。受け取り、倫子は目を細める。

「懐かしい……」

勢いよく回る独楽と独楽がぶつかり合う。

「いけ、いけ！　負けるな！」

子供のようにはしゃぐ倫子を、可愛いなと思いながら定信が見つめる。倫子の独楽が先に勢いをなくし、止まってしまった。

「あー、また負けた……」

本気でがっかりしている倫子に、定信は笑った。

「昔もそうやって負けるたびに悔しがって、挙句(あげく)の果てに泣きだして、大変だったことを思い出します」

慌てて表情を取り繕い、「そうだっけ?」と倫子は誤魔化す。

「そうでした」

「あー、楽しいなあ」

ひとしきり笑い、倫子は言った。

「そろそろ戻らないと」

「……」

「今日はいい息抜きになりました。ありがとう」

差し出された独楽を受け取り、定信は言った。

「……またしばらく、会えなくなってしまうのですね」

どう答えていいかわからず、倫子は沈黙する。

「私は……上様が憎いです」

「？……」

「倫子殿につらい思いばかりさせて……」

しっかりと倫子を見つめ、定信は言った。

「この際……離縁なさってはいかがでしょうか」

「!?　何を……」

「あなた様が一番苦しんでいるときに、そばにいない者と夫婦でいる必要があるのですか？　他のおなごと過ごすような者を……愛する必要があるのですか？」

まっすぐな定信の問いに倫子の心は揺れる。

ふいに定信は倫子を抱きしめた。

「賢丸……？」

「私ならばあなた様にそのような思いはさせません。倫子殿ひとりを愛してみせます」

「……」

「ずっと、お慕いしておりました」

賢丸……。

腕の力が抜け、慈しむような優しい抱擁へと変わる。

定信の純粋な想いを感じ、倫子はその腕に身を委ねたくなる。


ひとり平伏する男を眺めながら、家治は謁見の間の上座につく。

「面を上げよ」

「はっ！」

顔を上げたのは平賀源内だ。

緊張のあまりぶるぶると唇を震わせながら、挨拶の口上を述べる。

「ここここ、此度は御目通りが叶い、きょきょ、恐悦至極に存じ、奉ります！」

「そなたが平賀源内か？」

「はっ！　大変申し訳ございませんでした！」

「？」

「どうかお手打ちだけは！　ひらに御容赦を！」

必死の形相で謝り、源内は床に額をこすりつける。

「……なんの話だ？」

怪訝そうに家治が訊ねる。どうやら何か行き違いがあるようだ。

「……某が以前、風来山人という名で上様を愚弄する書物を書いてしまったばっかりに、処分を……」

おそるおそる顔色をうかがう源内に、家治は笑った。

「あれもそなたが書いたものか」

そのことで呼び出されたのではないのか……？

きょとんとする源内に家治は言った。

「今日来てもらった理由は別にある。そなたがまとめたこの博物学書を読んでな」

手にした書物『物類品隲』を源内に見せる。

「異国の食物についてもよく調べられており、知見に富んでいた。そこで直接、話を聞いてみたいと思ったのだ」

「はあ……」

「この国は天変地異が相次ぎ、またいつ飢饉に陥るかわからぬ。それゆえ、米に頼らぬ食糧体制を築きたいのだ。ここに書かれてある薩摩芋は米の代わりになりうると思うが、どう思う？」

まさに我が意を得たりのお言葉に、源内は興奮を隠せない。

「はっ。薩摩芋の第一人者、青木昆陽先生も同じようにお考えのようです。しかし、薩摩芋は唐由来の食物で、この国の土では育ちづらく……そうこうしているうちに研究費が底をついてしまいまして……」

「そうか。ならば、幕府が支援しよう」

「へ!?」

「この芋はいずれ飢饉から民を救うやもしれぬ。その研究に財を投じるのは当然であろう」

「上様……」

感動のあまり源内は絶句した。

「しかと頼んだぞ」

「はっ！　いやはや……御台様のおっしゃっていた通りにございます」

「御台？」

「実は某……御台様が代参の折、お見かけしたことがございまして……」

源内は、お忍びで下町を散策していた倫子と偶然出会い、家治をうつけ呼ばわりしたことを激しく叱責されたことを語って聞かせる。

「いやはや、ものすごい剣幕でございました」

その姿を想像し、家治は思わず微笑んだ。

「そうか。御台が……」

「さぞかし仲睦まじい夫婦なのでございましょう。羨ましいかぎりにございます！」

他意のない言葉に昔日の自分たちの姿を思い出し、家治はふと遠い目になる。

「……」


中庭の片隅で家基が父の絵の仕上げをしている。最後に羽織に三つ葉葵を描き、「できた！」と立ち上がった。

絵を手にし、元気に駆け出していく。

「家基様!?　お待ちくだされ！」

慌てて乳母が声をかけるも、すでに家基の姿は見えなくなっている。

植え込みを曲がったところで、家基は前から歩いてきた男と衝突してしまった。男はぼろぼろになった古い草履を履いている。

見上げた家基の視線が男の昏い視線とぶつかる。

「……」

感情を殺した目で家基を見つめる猿吉の手が、家基の身体へと伸びていく。

※

乳母から家基の姿が見えなくなったという知らせが入ってから、すでに四半刻は過ぎようとしている。松島は手の空いている女中たちを総動員し、家基を捜させているがいまだ見つからない。

最悪の事態を考え、松島は池のほうへと足を伸ばした。

池のほとりで目を細め、遠くを見渡す。

橋の下、水面に何かが浮かんでいるのが見えた。

「?……」

それが何かに気づいたとき、松島は声にならない悲鳴をあげていた。


倫子とお知保が昭島ら奥女中たちと一緒に代参から戻ってきた。まだ興奮冷めやらぬ表情でお平が、贔屓の役者・市村幸治郎が描かれた団扇を手に「はぁ」とため息を漏らす。

「此度も素敵でしたねぇ。幸治郎様」

「そういえば、どこか上様に似たお顔立ちではありません？」とお玲が返す。お平もあらためて団扇を見て、「言われてみれば」とうなずく。

すかさず昭島が幸治郎をまね、見得を切る。

「遠からん者は音にも聞け！　近くば寄って目にも見よ！」

「は〜」

三人の話を笑って聞きながら、倫子がお知保へと顔を向ける。

「お知保殿も歌舞伎を？」

「いえ。私は家基様に土産を選んでおりました。御台様は代参のあと、どちらへ？」

「……私は、昔住んでいた浜御殿に立ち寄っておりました」

「そうでしたか」

うしろめたさに倫子が視線を逸らすと、廊下の向こうに女中たちが騒がしく行き交うのが見えた。そこからひとりがこちらに駆け寄ってくる。

「お知保の方様！　家基様が……」

「？」

中庭の池に向かって着物の裾を割ってお知保が駆けていく。そのあとを倫子が続く。

池のほとりにびしょ濡れの家基が横たわっていた。

「家基様！」

血の気の引いた顔でお知保が駆け寄る。家基の脇にかがんだ奥医師が深刻な表情で容体を診ている。

周囲を囲むように佇む女中のひとりに倫子が訊ねた。

「何があったのです⁉」

「橋を渡る際に池に落ちてしまったようで……」

動揺を抑えながら、倫子はふたたび家基に目をやる。奥医師が小さく首を横に振り、お知保に言った。

「お運びしましょう」

しかし、お知保は動かなくなった息子にすがりつき、その場を離れようとはしない。

「家基様……家基様……！」

その様子を松島が茫然と見つめている。

青ざめた顔の家治がお知保の部屋の前に駆けつけた。

「家基は⁉」

平伏した女中が襖を開ける。

中に入ると、白い布で顔を覆われた家基の姿が目に飛び込んできた。お知保が寄り添いさめざめと泣いている。

「……」

家治はその場に立ち尽くしたまま、動けない。


中奥の一室では高岳と田沼が顔を寄せ合い、話している。他に聞く者はいないとわかってはいるが、どうしても小声になってしまう。

「まさかまことに、このようなことになるとは……」

「天命か……もしくは……誰かが」

思わせぶりな田沼の言葉に高岳が恐怖を感じて身を引いたとき、荒々しく襖が開いた。入ってきたのは松島だ。

「そなたらであろう！　そちらが家基様を……」

「我々は、何も」

「嘘をつくでない！」と松島が言い訳しようとする田沼をさえぎる。「家基様にはひとりで橋を渡らぬよう、しかと言い聞かせてきたのです！　ご聡明な家基様はご理解されておりました。それが……」

「まだ幼い若君です。一瞬でも目を離したそなたたちに落ち度があったのでは？」

「！」

「此度はまことに……ご愁傷様にございました」

床に手をつき、田沼は深々と頭を下げる。高岳もならい、松島に頭を下げた。

松島は崩れ落ちるようにその場に座り込む。

田沼は顔を上げると、冷めた目で松島を見つめた。


池のほとりに立った倫子が手にした二つの松ぼっくりを見つめている。妹の千代姫の分もと家基から二ついただいたのだ。

本当に優しいお方であった……。

やるせない思いに胸が締めつけられる。

ふと池の向こうに目をやると、ひとりの女が佇んでいた。

お品だ。

じっと池を見つめていたお品の顔に安堵の笑みが浮かんでいく。

「！」

倫子の背筋をつーっと冷たいものが走る。

本当にお品なのだろうか……。

確かめるように倫子は目を凝らす。

池を見ながら笑っているのは、まごうことなきお品だった。

「……」

※

大奥の私室の前庭で家治が木刀で素振りをしている。込み上げてくる悲しみを消し去るべく、ただひたすら木刀を振り続ける。もろ肌を脱いだ身体に汗が光る。

ふいに激痛が走り、家治は木刀を落とした。

手を開いて見ると、豆が潰れ、血が滲(にじ)んでいる。

手のひらを赤く染める己の血を見つめながら、家治は自嘲気味につぶやく。

「……まやかしの血は絶たれる運命(さだめ)か……」

強く握りしめた拳から、ぽたぽたと血がこぼれていく。

いっぽう、家基が亡くなって以来、お知保は床に伏してしまっていた。心配した倫子は部屋へと見舞いに訪れた。

「お知保殿。御加減はいかがですか?」

布団に横たわるお知保に訊ねるも、背を向けたまま答えない。

「少しはお口になさったほうがよいと思い、果物をお持ちしました。一緒に……いかがですか?」

しかし、やはり返答はない。

「このままではお身体が……」

「……それで、よいのです」

ようやくか細い声が返ってきた。

「このまま飢え死にするほうが……あの子に会いにいけますから」

「……」

お知保の部屋を辞した倫子がうつむきながら廊下を歩いている。楽しげな声が縁側のほうから聞こえてきて、倫子は思わず顔を上げた。

視線の先に赤子をあやすお品の姿が見えた。高岳、朝霧、夜霧の三人に囲まれ、お品は幸せそうな笑みをこぼしている。

「次期将軍は貞次郎様に決まりですね」

朝霧にうなずき、「なんという幸運の持ち主」と夜霧が赤子の頬に触れる。

高岳はお品を振り向き、言った。

「これでひと安心ですね」

「はい」とうなずき、お品は息子に微笑みかける。「ほんによかった……よかったな」

「よかった？」

ふいに現れた倫子に、夜霧はぎょっとした。

「御台様……」

「なぜ、こんなときに喜べるのですか？　家基様が……身罷(みまか)られたのですよ？」

黙ったままのお品に倫子が厳しく問いただす。

「我が子さえよければ、それで満足ですか!?」

お品は腕の中の貞次郎を見つめ、言った。

「ええ。そうです」

「！」

倫子へと視線を移し、強く訴える。

「私は貞次郎君の母です。この子の幸せを一番に願って、当然ではないですか」

「そなたは……ひとの痛みもわからぬほどに成り下がったのか!? なぜ、そんなひとに……」

「倫子様にはわかりませぬ……。私には、この子しかいないのです!」

「……そなた、変わったな」

虚しい思いを押し殺し、倫子は踵を返す。

去っていく倫子の背中を、唇を噛んでお品が見つめる。母の感情の揺れを感じたのか貞次郎が泣き出した。お品が反応しないので、慌てて高岳が赤子をあやす。

どうしようもない思いを抱えたまま、お品は我が子の泣き声を聞いている。


珍しく咳き込む家治を見て、対座する田沼が訊ねる。

「おや、お風邪を?」

「大事ない」

それではと田沼が本題に入った。

「お世継ぎが身罷られた今、かくなる上は残された貞次郎君を次期将軍として盛り立て、我らの手で守ってまいりましょう」

「……」

「そのためにも幕府および大奥は強靭（きょうじん）な体制へと生まれ変わるべきと存じます。そこでまずは、こちらを」

田沼は用意していた紙の束を家治に差し出す。

「大奥総取締である松島殿の御役を解くべく集められた嘆願書（たんがんしょ）にございます」

家治は嘆願書を手に取り、目を通しはじめる。

「権力を笠に着て傍若無人（ぼうじゃくぶじん）な振る舞いをなさる松島殿に、多くの女中たちが不満を抱いているようにございます」

「千人もの奥女中を束ねねばならぬのだ。ときには厳しく律することもあろう」

「しかし、これだけの数の署名が集まったとなると、無下（むげ）にはできますまい。松島殿の代わりには高岳殿を御推挙いたします」

「……」

「高岳殿は貞次郎君の養育係として尽力されており、貞次郎君が将軍になられた際、心強い味方となってくれましょう」

その背後にいるのはそなたではないか……。

そう言い返す気力もなく、家治は投げやりに言った。

「もうよい。好きにしろ」

「承知仕りました」


その頃、松島は部屋に子飼いの女中たちを集めていた。

「よいか。家基様が自ら池に落ちるなど、断じてあり得ぬ！　必ずや田沼や高岳が裏で糸を引いておる。必ず手がかりを見つけ出すのだ！」

「はっ！」

苛立つ松島から逃げるように、女中たちはそそくさと部屋をあとにした。


数日後、田安家の屋敷。将棋盤を挟み、定信と猿吉が向き合っている。

敵陣に駒を進めながら定信が言った。

「よくやった、猿吉」

猿吉の脳裏に、気絶させた家基を池に落としたときの光景がまざまざとよみがえる。

「次はお品殿の若君、貞次郎か」

「……」

駒を持った猿吉の手がいきなり震えはじめた。

「おい、どうした」

絞り出すように猿吉は言った。

「……ほんに、殺す必要があるのでしょうか？」

「……」

「まだ幼い赤子です……」

「！」

猛烈な怒りにかられ、定信は将棋盤を蹴り飛ばした。

「わしに口答えするな！」

怒鳴りつけ、猿吉の胸倉を摑む。

「我らの使命を忘れたか？　大義のためならば、多少の犠牲はやむを得ん。そうであろう？」

引き寄せた猿吉の顔に向かって定信は叫んだ。

「やれ！　やるのだ！」

「……」

「やれ！」

狂気をはらんだ定信の目が恐ろしく、猿吉はうなずくしかない。

「……はい」

定信の手から力が抜けていく。

屋敷を出た猿吉が暮れなずむ江戸の町をふらふらと歩いている。路傍には帰る家も今宵の宿もない浪人たちが死んだような目で横たわっている。

その様子を眺めながら、猿吉の心は彦兵衛という名だった十七の頃へと飛んでいる。

自分もあんなふうに道端に寝転がっていた。そんなとき、通りがかった定信に声をかけられたのだ。

「そのほう、住む処がないのか？」と。

定信に連れていかれたのが、江戸城近くのあの寺だった。境内にはたくさんの子供たちが元気に駆け回っていた。

「みんな、戻ったぞ！」

「定信様だ！」

「やったぁ」

定信はあっという間に子供たちに囲まれた。背負っていた風呂敷を外して解くと、中にはたくさんの握り飯が入っていた。

それを子供たちに分け与えながら、定信は猿吉に言った。

「ここにいる者たちは皆、罪人の子なのだ」

驚き、猿吉は握り飯にかぶりつく子供を見つめる。

「親が罪を犯したばかりに身寄りをなくし、住む家を失い、ここへ流れ着いた」

「……わしの母も……」と猿吉は口を開く。「わしに飯を食べさせようと盗みを働き……死罪となりました」

「……そうか……」

定信は猿吉から視線を外し、つぶやく。

「悔しいな」

「?……」

「この国には貧しいがゆえに罪を犯し、行き場を失った者たちが大勢いる。そうした者たちは、生きるためにまた罪を犯す……。この負の連鎖を断ち切らぬかぎり、真の意味で天下泰平の世は築けぬであろう」

「……」

「それゆえ、わしはあの城へ行く」

定信が見つめる先には江戸城の威容(いよう)があった。

「そして幕政の実権を握り、居場所を失った者たちを救いたいのだ」

定信は子供たちに視線を移し、続けた。

「あの子たちになんの罪があるという……」

「……」

「そうだ」と定信は猿吉を振り向いた。「そなた、力を貸してくれぬか？」

「え？」

「わしには相棒が必要なのだ。この大義をともに背負い、戦ってくれる仲間がな」

そう言って、定信は握り飯を差し出した。

猿吉の手がおずおずと伸び、握り飯を摑む。

定信を見つめ、猿吉は力強くうなずいた。

「よし。決まりだ！」

定信から優しい微笑みを向けられたとき、猿吉は初めて自分の生きる意味を得た気がした。

それなのに……。

定信の大義とは、罪なき赤子を殺してまでなすべきものなのか……。

葛藤する猿吉の思いを飲み込むように、夕陽が赤々と沈んでいく。

※

風邪がまだ治っていないのか、家治が軽く咳き込みながら廊下を歩いている。前から書物を重ねた盆を持ったお玲がやってきた。家治に気づき、慌てて平伏する。

「それは？」と家治が書物を目で示し、訊ねた。

「御台様がお品の方様のために書庫よりお借りした書物にございます。その後お渡しする機会がなく、もうお戻しになってもよいとのことでして……」

お品が側室となり、子をもうけたことによってふたりの関係性にも大きな変化が生じたのだろう。

「……そうか」

家治はふと一番上に置かれた『南泉斬猫』を手に取った。

「初めて見るな……」

「唐の時代のお話だそうです。お品の方様が御台様と幼い頃によくお読みになっていたそうで」

何かを思いついたように家治は手にした書物をじっと見つめる。

お品は自室で縫い物をしていた。赤色の足袋(たび)はほぼ出来上がりつつあるが、お品の顔は浮かない。頭の中にずっと倫子の声がこだましているのだ。

『ひとの痛みもわからぬほどに成り下がったのか!?』

『そなた……変わったな』

「……」

襖の向こうから女中の声がした。

「上様のおなりです」

お品は慌てて足袋をしまい、平伏して家治を待つ。

襖が開き、家治が部屋に入ってきた。

「変わりはないか?」

「はい」とお品は顔を上げた。「貞次郎君も健(すこ)やかに育っております」

「そうか」

「その……此度は……?」

おずおずと来訪の目的を訊ねるお品に、「これを渡そうと思ってな」と家治は『南泉斬猫』を差し出す。

「そなたの好きな書物であろう」

「……どうしてこれを」

「御台がそなたのために用意していたものだ」

「……御台様が？」

「ああ」

罪悪感でお品の顔が曇っていく。

「このお話……ご存じですか？」

「いや……」

「一匹の猫を僧侶たちが奪い合って……その挙句、猫は争いのもとになるからと殺されてしまうのです」

「……」

「欲深い僧侶たちが……私は大嫌いでした。……なのに」

お品の脳裏にふたたび倫子の声がよみがえる。

『我が子さえよければ、それで満足ですか!?』

「貞次郎君のためならば、私も……喜んで戦うと思うのです……」

家治が頁をめくると、一匹の猫の絵が描かれていた。

「……」

「倫子様はこの話を読んだとき、猫を殺さずに増やすとおおせでした」

そう言って、お品は切なく微笑む。

「倫子様らしいですよね……」

「……」


松の木に供え物をすべく、果物籠を手に倫子が庭園を行く。しかし、すでに先客がいて松の前で手を合わせていた。

家治だ。

わずかな躊躇のあと、倫子は歩み寄ろうと足を踏み出す。次の瞬間、草履の鼻緒(はなお)が切れた。たたらを踏むもどうにか堪えた。

切れた鼻緒を見つめる倫子の心に定信の声がささやく。

『この際……離縁なさってはいかがでしょうか』

『ずっと、お慕いしておりました』

揺れてしまう己の心がどうにも気まずく、倫子は踵を返した。

黙祷する家治に背を向け、逃げるようにその場を去っていく。

約束した暮れ六つ、蔵で夕陽を眺めながらお品が猿吉を待っている。

「お品様！」

声に振り返ると、風呂敷を背負った猿吉がやってきた。

「頼まれていたもの、すべて揃えて参りましたよ！」と机の上に風呂敷を広げる。「貞次郎様の前掛けに、貞次郎様のおむつに、貞次郎様のおもちゃにございます！」

得意げに木彫りの猿を見せられ、お品は笑った。

「可愛い……」

「ほかにもいろいろ揃えてございますよ！　貞次郎様は元気にお育ちですか？」

「……はい」

「次期将軍になられるお方ですものね。立派になさらないと！」

そう言って、今度は風呂敷包みの中から洒落た袴(はかま)を手に取り、見せる。

「そなたはいいな。明るくて」

笑いながらお品は言った。

「こうして顔を見るだけで、元気をもらえる」

「……」

「いつか貞次郎君に会ってもらいたいものです。笑うと目が三日月になって、そなたに似ているのよ」

「この顔に!?　いやいや……滅相もございませぬ！」

大袈裟に恐縮する猿吉にお品は破顔した。

「そうだ、これを……」

お品は懐から赤い足袋を取り出した。

「貞次郎君のためにこしらえたのですが、そなたにも」

「……え？」

「いつも仕えてくれているお礼です。そなたといるときだけは昔の自分に戻れるような気がして……なんだか嬉しいのです」

「……」

「その草履もずいぶん古くなるのに、ずっと履いてくれていますよね？」

猿吉の足もとでぼろぼろにくたびれてしまっている草履に、お品は目を細める。

「……はい」

「ありがとう」

「……」

「そなたもきっと……猫を増やす人ですね」

「……猫？」

「猿吉はひとから奪うのではなく、与えることのできるひとです。……真似をしたくても、できるものではございません」

「……」

お品は風呂敷の上の品々を見渡し、言った。

「大事に使わせてもらいますね」

笑顔をつくり、猿吉がうなずく。

「はい！」

嬉しそうに木彫りの猿を手に取るお品を見ながら、猿吉は懸命に笑みを保つ。


その夜。

乳母が貞次郎を寝かしつけていると襖が開き、年配の乳母が顔を出した。

「少しよろしいですか？」

貞次郎がぐっすり眠っているのを確かめ、「はい」と若い乳母が部屋から出ていく。

天井板が外れ、忍び装束の男が音もなく部屋に降り立つ。

猿吉だ。

懐から手ぬぐいを取り出し、貞次郎の口に押し当てようとする。そのとき、貞次郎が寝返りを打ち、布団から足がはみ出した。

赤い足袋を履いた小さな足に、猿吉の目が釘づけになる。

お品様……。

あどけない顔の前に持っていった手ぬぐいは、そこから動かなくなる。

手ぬぐいを握りしめた猿吉の手がぶるぶると震えはじめる。


翌朝、お品が貞次郎の部屋を訪れている。

布団の上で元気に手足を動かす息子に微笑み、声をかける。

「おはよう。貞次郎君」

お品は貞次郎を抱きかかえると、持ってきた猿の木彫りであやしはじめた。

「きゃっきゃっ」と機嫌のいい貞次郎の声が部屋にこだましていく。


「殺せなかっただと？」

江戸城近くの寺の一室、定信の前に猿吉が平伏している。

「なぜだ……？」

「……某には……できませぬ」

怒りのまま定信は猿吉を殴りつけた。

「わしを裏切るのか⁉　やれ！」

「できませぬ……」

「やれ！」

力なく首を横に振る猿吉に、定信は短刀を突きつけた。

「貞次郎を殺せ。さもなければ……お前をここで斬る」

猿吉は微塵も動じず、首を差し出した。

「あなた様に拾っていただいた我が命。ご自由になさってくださいませ」

「……さてはきさま、お品殿にほだされたか？」

「某が一番に尊敬し、お慕いしていたのは定信様です」

「……」

「居場所をなくした民を救いたいと仰せであったあなた様に、ついて参りたいと思いました。あなた様ならばまことにこの国を変えてくださるやもしれぬと信じておりました。しかし、いつの間にか……変わられてしまった」

哀れみの眼差しを向けられ、定信は愕然となる。

「まことに……大義のためなのですか？　子を殺すことが」

「……」

「今のあなた様に大義などございませぬ！　ただ己を貶めた者たちに復讐したいだけにございま――」

「黙れ、彦兵衛！」

出会ったときの名を呼び、定信がさえぎる。

「黙れ、黙れ、黙れ！」

定信は猿吉に向かって短刀を振り上げた。

静かに目を閉じ、猿吉は己の運命を受け入れる。

※

「お知保殿、御加減はいかがですか？」

部屋に入り、倫子は寝床に向かって声をかけた。しかし、返事はない。寝ているのかなと様子をうかがい、布団のふくらみ具合に違和感を覚えた。

「お知保殿……？」

歩み寄り、そーっと布団をめくる。中にはいくつもの枕が詰め込まれ、お知保の姿はなかった。

「！……」


仏花を手に家治が廊下を歩いていると、女中たちがばたばたと走り回っている。どうやら部屋から姿を消したお知保を捜しているようだ。

嫌な予感がして、家治は縁側から中庭へと降りていく。


いっぽう、倫子はすでに中庭を池に向かって足早に進んでいた。思った通り、池の向こう岸に寝衣姿の女性が佇んでいるのが見える。

お知保だ。

身を投じようとしているのか、ゆっくりと池に向かって歩を進める。

倫子は裾を割り、お知保に向かって駆け出した。

「お知保殿！」

必死に声をかけるが、お知保は止まらず、池へと入っていく。

「何をしているのです!?　おやめください！」

叫びながら、倫子も池へと飛び込む。水をかき分けながら進み、どうにかお知保の手を摑んだ。

「お知保殿！　お戻りください！」

「離せ！」

お知保は力任せに倫子の手を振りほどく。弾みで倫子は池に倒れ込む。

駆けつけたお品はその光景を目撃し、はっと足を止めた。

ずぶ濡れになりながらも倫子はすぐに立ち上がった。ふたたびお知保の手を摑み、すがりつく。

「お願いです！　おやめください！」

「離して！」

「離しません！」

「もうこのまま……あの子のところに行かせてください……。こんな世で生きる意味などないのです……」

我が子を亡くした母の絶望が、池のほとりで見守るお品にも伝わってくる。子を持つ今なら、お知保の思いは痛いほどよくわかる。

「離して！」とお知保は倫子の手を振りほどく。そんなお知保を倫子は強く抱きしめた。

「！」

「私が嫌なのです……。そなたを失いたくありません」

思いよ、伝われと倫子は腕に力を込める。

「家基様は私に……思い出させてくださいました。ひとを想う心を。そして今も……そなたの中に、家基様を感じるのです」

「！……」

「どうか……生きてください……」

真っすぐな言葉と思いが、空虚なお知保の心に響いていく。

倫子の腕の中で、お知保は声をあげて泣きだした。

その様子をお品がじっと見つめる。

一つに重なるふたりの影を、対岸から家治も見守っている。


その頃、中奥の一室では高岳が田沼の話を万感の思いで聞いていた。

「上様はそなたを大奥総取締にご任命なさるとのこと。これで表の実権を某が、裏の実権を高岳殿が握ることとなりましょう。この城は、我らのものぞ」

ついに大奥の頂に上りつめたのだ……！

「……」

あくる日、縁側でお品が貞次郎をあやしていると、外廊下を倫子とお知保が並んで歩いている姿が目に入った。ふたりは和やかな雰囲気で話しながら、中庭へと降りていく。

中庭に出ると、お知保は倫子に家基の絵を見せた。亡くなるその日に父、家治の姿を描いた絵だ。子供らしい大胆な筆づかいではあるが、よく特徴をとらえている。

「まことによく、描けていますね」

「はい……」とお知保は優しくうなずく。「手が器用で、好奇心が強く、走るのが大好きで……」

哀しみだけではなく、誇らしげに愛息の美点を挙げていくお知保の言葉を、倫子は微笑ましく思いながら聞いている。

「この絵を……上様に届けていただけませぬか？」

「え？」

「私なら、もう大丈夫ですから」

「……」

「御台様が大奥にいらしてからというもの……私はずっと腹を立てておりました」

お知保は初めて倫子に本音をさらけ出した。

「側室に選ばれても、お子を授かっても、どこかいつも虚しくて……。それはたぶん
……一番欲しいものが手に入らなかったからのように思います」

お知保は倫子を真っすぐ見据え、言った。

「上様の心です」

「……」

「上様はどんなときも御台様だけを愛しておられました。側室の私が言うのですから、
間違いございません」

この方はそれを私に告げるために……。

お知保はもう一度絵を差し出した。倫子は受け取り、描かれた家治をじっと見つめる。

「……」

松の若木の前に座り、家治が『南泉斬猫』を読んでいる。

一匹の猫を奪い合い、挙句に猫は殺される――。

どうしても世継ぎ争いが重なってしまう。

竹千代を亡くし、号泣するお知保。

千代姫を亡くし、さめざめと泣く御台。

貞次郎のためなら戦いも厭(いと)わないと内なる鬼をあらわにしたお品。

池に身を投げようとしたお知保を思い留まらせたのは、わしではなく御台だった……。

己の不甲斐なさに家治は怒りが込み上げてくる。

「すべて……わしのせいだ……」

そこに倫子がやってきた。

「上様……?」

顔を見られたくなくて、家治は思わず背を向けた。

倫子は歩み寄り、「こちらを……」と一枚の絵を差し出す。

「家基様がお描きになった絵です」

描かれているのは凛々(りり)しい将軍姿の自分だった。その絵を見た瞬間、堰(せき)を切ったように涙があふれた。

常に怜悧(れいり)に保っていた顔を、ぐしゃぐしゃに崩して嗚咽する家治に、倫子は優しく言った。

「……ずっと上様のことがわかりませんでした。お優しくて、愛情深いお方なのに……時折、どれが本当の姿かわからなくなって……」

「……」

「でも私は……目の前にいる上様を信じます」

「……」

「子を愛し、私を愛してくれたあなた様を、信じます」

愛する妻の言葉が、固く閉じた家治の心の鍵を開ける。

我が子の描いた絵を握りしめ、家治は重い口を開いた。

「わしは……将軍家の子ではないのだ」

「!?」

「そなたを欺(あざむ)き、この城に仕える者たちを欺き、民を欺き……ここにいる」

「……」

「田沼だけがこのことを……。それゆえにあの者の言うことを聞くほかなかった……」

深い悔恨(かいこん)の思いが、自然と家治に頭を下げさせる。

「すまない……そなたをたくさん傷つけた」

「……」

上様……。

涙で顔を濡らした家治に歩み寄り、倫子はその背に触れた。

どこか寂しげな背中の理由がようやくわかった。

もうひとりで抱え込まなくてもいいのだと、優しくさする。

そんなふたりの姿を木の陰から覗き見ている者がいる。

松島だ。

大きすぎる秘密は、さらなる混乱の渦へと倫子を巻き込んでいく。

10

家治にもらった方位磁石（ほういじしゃく）を手に、倫子が思い悩んでいる。

お知保やお品を側室にしたのは老中首座、田沼の差し金。上様は弱みを握られ、言うことを聞くしかなかった。

しかし、その弱みがとんでもないものだった。

まさか上様に将軍家の血が流れていなかったとは……。

方位磁石に記された三つ葉葵の紋を見ながら、倫子はつぶやく。

「どうしたら……」

家治の前に田沼が対座する。口を開くや咳き込みはじめた家治を気遣い、田沼が身体の具合を訊ねた。

「大事（だいじ）ない。それより世継ぎの件だが……」

咳を収め、家治は言った。

「まだ決めるつもりはない」

思わぬ答えに、田沼の表情が険しくなる。

「なにゆえに……」

「わしの血は……まやかしだ」

「……」

「まことにわしの血を引く者を将軍に据えてよいものか……」

「迷う必要はございませぬ。もし仮に御三家や御三卿から養子を招き入れれば、家臣や大奥から大きな反発を招くでしょう。貞次郎君の御立場もありませぬ」

「……されど」

思い悩む家治に、田沼は内心で舌打ちする。

理が勝ちすぎるお方は面倒でならぬわ。

家治の部屋を辞した田沼が廊下を歩いていると、向こうから松島がやって来た。笑みを浮かべ、待ち受ける。

「嘆願書の件、お聞きおよびかと。これで大奥総取締の御役目は高岳殿に引き継がれることとなりましょう。上様もご了承済みにございます」

顔色を変えず、松島は言った。

「ずっと不可思議でございました。上様はなにゆえにそなたの言うことをお聞きになっていたのか……。その理由がようやくわかりました」

「……なに？」

「とかく金輪際、そなたの好きにはさせませぬ」

毅然と言い放ち、松島は去っていく。

相も変わらず気の強いおなごよ。

鼻で笑い、田沼は廊下の角に消えていく松島を見送った。


芝居小屋が集まるにぎやかな町の裏通りを定信が歩いている。路傍に寝転がる宿無しの子供たちを見て、自分に歯向かってきた猿吉のことが頭をよぎる。

「お前に何がわかる……」

ふいに足を止めたので、後ろから歩いてきた男とぶつかってしまった。

「すみません」と男が謝る。

「いえ」

振り向き、男の顔を見た定信は仰天した。

「そなたは……」

しかし、男は早足に近くの芝居小屋へと入っていってしまった。小屋の前に立っていた木戸番に定信が訊ねる。

「さっきのお方は？」

「ああ。うちの看板役者、市村幸治郎だよ」

木戸番はそう言って芝居小屋の看板を仰ぎ見た。定信が視線を追うと、あの男の役者絵が飾られている。

大袈裟に特徴をとらえたその絵に、定信はさらに驚く。

役者の扮装（ふんそう）をした家治にしか見えなかった。


家治の体調はなかなか回復せず、倫子と夜をともにすることもままならなかった。そんな折、松島が家治のもとを訪れた。

「御加減が優れぬなか、失礼仕ります」

「構わん」と顔を上げさせ、家治が用向きを訊ねる。

松島は慎重に口を開いた。

「……上様の、父君の件で」

「!?」

「申し訳ございませぬ。御台様とお話になっているところに居合わせておりました」

動揺を隠せない家治に、松島がさらに切り込んでいく。

「もしや田沼殿にこのことで……」

「話すことは何もない」と家治がさえぎる。「金輪際触れるな！」

「恐れながら、そうは参りませぬ。私はあるお方と約束したのです。どんなことがあろうと上様をお守りすると」

松島が語り出したのは家治の母、お幸との縁だった。


二十五年前、松島は京から大奥へとやって来た。京風の装束を好んで身に着けていた松島は、とある御中臈に目を付けられ、いじめられるようになる。

御小姓たちを使ったいじめは日に日に苛烈になり、ついには熱湯をかけられ、大きな火傷を負ってしまった。

傷は癒えたが、身体には醜い痕が残った。

「その身体ではもうお手は付かぬであろう。そなたのようなおなごに価値などない」

御年寄からそう告げられた松島に手を差し伸べたのがお幸だった。

「ならば松島、私のもとへ参らぬか？」と。

驚く松島にお幸は言った。

「そなたに竹千代の教育係を任せたいのです」

「私に?」

「竹千代もいずれ将軍となれば朝廷との関わりも増えよう。公家の出であるそなたなら、教養もしかと身に付けてくださいましょう」

「しかし……」

「私は生まれつき身体が弱く、どのくらい生きられるかわかりませせぬ。それゆえに、竹千代を末永く見守ってくださる方が必要なのです」

「……私は、ここにいてもよいのでしょうか?」

「もちろんです。竹千代の一番の味方になってください」

お幸からその言葉をいただいたとき、そばには五歳の竹千代もいた。自分に笑いかけてくれた竹千代の、屈託のないあの笑顔を松島は生涯忘れないだろう。

「それからはあなた様が私の生きる意味となりました」

松島の話に家治は引き込まれている。母の新たな顔を見る思いだった。

「上様をお守りするためならば、鬼にでもなろうと決めたのです。それゆえもし、上様が田沼殿に長年にわたり苦しめられてきたのだとしたら、断じて許すわけには参りませぬ」

「……そなたの思いはわかった。されどこのことは……聞かなかったことにしてほしい」

「上様……」

「忘れてくれ。頼む……」

悲痛な表情で家治に懇願(こんがん)され、松島はそれ以上何も言えなくなる。


台紙の上に倫子が細かな紙片を貼り合わせている。どうやら破れた絵を元に戻そうとしているようだ。

大奥に入ってすぐの頃、千々にちぎれた文をお品が貼り合わせてくれたが、それに比べるとずいぶんと絵はたやすい。

「できた……」

出来栄えに満足そうにうなずいているとお平がやって来た。

「申し上げます。松平定信様からお菓子のお届け物にございます」

「賢丸から……」

「まことによく素敵な贈り物をくださいますね」

「……」

強く抱きしめられ、その腕の中で受けた定信からの告白を思い返し、倫子の心はまた揺れてしまう。

お平が去るや倫子はすぐに菓子の中箱を取り出した。下にはやはり文が隠されている。文を開き、読みはじめる。

『倫子殿。その後、いかがお過ごしでしょうか。私は倫子殿にまたいつお会いできるかと心許ない気持ちでおります。そんな折、驚くことがございました』

驚くこと……？

何やら嫌な予感がし、倫子は急ぎ読み進める。

『上様に瓜二つの歌舞伎役者を見かけたのです。それはもう血のつながりを感じずにはいられないほどに似ておりまして。御台様は何かご存じありませんでしょうか？　名を市村幸治郎というそうです』

「市村、幸治郎……」

どこかで聞いた名だと倫子は思案する。中箱には一枚の役者絵も同封されていた。手に取って、見るとたしかに上様に似ている。

市村幸治郎……。

そうだ。昭島たちが夢中になっている人気歌舞伎役者だ。

それにしても、なぜ賢丸がこうもこの役者のことを気にするのだろう。

文に記された「血のつながり」という言葉に、倫子は引っかかった。

まさか賢丸は上様の血筋について、何か知っているのだろうか……?


芝居小屋の前で定信が幸治郎を待っている。半刻も経った頃、ようやく道の向こうから幸治郎が姿を現した。

小屋の前の定信に気づき、「またお前さんか……。しつこいねぇ」と幸治郎は顔をしかめた。ここ数日、定信は何度か声をかけたが、いつもすげなく無視されていた。

「その方の生い立ちについて話を聞きたいのだ。両親はどうしておる?」

「話すことなら何もないさ。二度と来るな。迷惑だよ」

やはり取りつく島もなく、幸治郎は小屋へと入っていく。

「……」

家治が松の若木に手を合わせていると、すっと倫子が隣に立った。

「上様」

家治は目を開け、倫子へと顔を向ける。

「御加減がすぐれないとうかがいました。大丈夫ですか?」

「長らく顔を見せておらず、すまぬ……。大事ない。案ずるな」

家治の言葉に倫子は安堵した。今日は咳も出ていないようだ。

「はい」とうなずき、倫子は本題に入る。「実は折り入って、お伝えしたいことがございます」

「なんだ?」

倫子は懐から役者絵を取り出し、続ける。

「松平定信様が文で知らせてくださったのですが、江戸の町に上様にそっくりな方がいるそうで」

「定信?」

家治の表情が変わったのを見て、倫子は恐縮する。

「申し訳ございません。浜御殿で暮らしていた折に親しくさせていただいておりまして。それゆえ今も、時折……」

脳裏にちらつく定信の不敵な笑みを打ち消し、家治は訊ねた。

「……わしに似ている者がおるだと?」

「はい。この方かと……」と倫子は手にした役者絵を家治に見せる。

「歌舞伎役者……」

「市村幸治郎という名だそうです。血のつながりを感じずにはいられないほど、上様にそっくりだそうでして……」

「……」

一瞥しただけで、家治はすぐに役者絵を倫子に返す。

「上様？」

「単なる偶然であろう」

「……気にならないのですか？」

「これ以上何かを知って何になる……。ますます己に失望するだけだ……」

しばしの沈黙のあと、倫子はふたたび口を開いた。

「私もあれから考えました。上様がこれまで抱えてこられた苦悩を思うと……胸が痛みます。されど、それと同時にこうも思うのです。血筋とは……そんなに大事なことなのでしょうか？」

「……なに？」

「上様が仰せられていたのではないですか。生まれによって分断される世の中を変えていきたいと」

「……」

「私も京の都で生まれましたが、今は上様の妻として武家で生きております。誰とどこでどんな話をしたか。そうした小さな積み重ねで、人は成り立っていくように思うのです」

「……」

「そう思えば、幼い頃から勉学に励み、誰よりもこの国のことを思っていらっしゃる上様は、間違いなく将軍の器にふさわしいお方と存じます」

御台……。

「ですからどうか、誇りをお持ちください。私の夫は第十代将軍、徳川家治様です」

「……」

心がこもっている故（ゆえ）なのだろう。倫子の言葉は素直に家治の腑に落ちていく。

熱いものが込み上げ、微笑む倫子を見ていられなくなる。

うつむく家治の手に、倫子はふたたび役者絵を握らせた。

その夜、家治が部屋で市村幸治郎の役者絵を見返している。

「歌舞伎役者……」

父だというあの男から田沼が奪った扇子には『寶』の文字を帆に浮かべた寶舟の紋が記されていた。

「歌舞伎座、山村の定紋……」

思案をめぐらせ、家治はある決意とともに顔を上げた。


蔵の中、お品が木彫りの猿を見つめながら、つぶやく。

「そなたまで、どこに行ってしまったの……」

この猿をもらって以来、猿吉からの音沙汰が途絶えてしまったのだ。これまでは何か入り用なものがあれば以心伝心がごとく現れ、どんな物でも調達してくれたのに、ここ十日ほど姿が見えない。

「猿吉……」

その日の朝、とある井戸から男の遺体が上がったことをお品は知らない。

その遺体は鼻緒の結び目が赤いくたびれた草履を履いていた。

※

寛永寺本堂、幕臣たちが控えるなか、家治が渡り廊下を歩いてくる。奥の一室に入ると若者がひとり、平伏している。上座につき、家治は若者に声をかけた。

「面を上げよ」

若者が顔を上げ、家治は言葉を失った。

先に声を発したのは若者のほうだった。対座しているのが将軍というのも忘れ、「こりゃたまげた……」と驚きの声を漏らす。

「その方が市村幸治郎か」

我に返った幸治郎が、「はっ！」とふたたび平伏する。

「本日は訊ねたいことがあり、来てもらった。その方の父はもしや……」

「……」

「桜田真太郎。違うか？」

「……左様にございます」

やはり、そうか……。

牢に監禁され、田沼に斬られたあの男が幸治郎の父――。

「……母は？」

「……奥女中だったとか」

「つまり……そなたとわしは……兄弟」

そのとき、声とともに襖が開いた。

「やはり、そうでしたか」

現れたのは定信だった。

「なにゆえに……」

唖然（あぜん）となる家治に定信が答える。

「墓参りの折に必ずやおふたりが密会なさると思い、あとを」

どうやら幸治郎をつけていたようだ。

「ようやく合点（がてん）がいきました。もしや、この秘密を田沼殿に握られ、従うほかなかったのでは？」

「……」

「残念ながら私も見過ごすわけには参りません。あなた様は幕府を欺いた罪人として、打ち首となるでしょう」

絶望のあまり、家治はがくんと頭を垂れる。その様子を見つめる定信の顔に喜悦の笑みが浮かんでいく。

そのとき、おもむろに幸治郎が口を開いた。

「私の出自については墓場まで持っていくものと心に決めておりました。しかし……」

懐から文を出し、家治の前に置く。

「母が父、桜田に宛てた文にございます」

「?……」

「父の遺品から見つけました。この文によりますと、たしかに私は桜田真太郎の倅にございます。されど、上様は……違うかと」

「……どういうことだ?」

「お読みください」と幸治郎は頭を下げた。

家治はおそるおそる文へと手を伸ばす。畳まれた文を開くと懐かしい母の字が目に飛び込んできた。

記されていたのは母の罪、いや、母の女としての姿だった。

まだ家治の母、お幸の方が存命だった頃――。

中奥の一室でお幸が田沼と向き合っている。

「身ごもられた？　しかし、家重様の御渡りは長らくないものと……」

思い詰めたようなお幸の表情を見て、ようやく田沼は察した。

「まさか……」

すがるようにお幸は言った。

「……どうしても、この子を産みたいのです」

「あきらめてくださいませ」と田沼は首を横に振る。「これだけ御渡りがないなかで、ほかの殿方のお子であることは一目瞭然……」

「そこをどうにか」とお幸は引かない。「田沼殿のお力で叶えてくださいませぬか？」

「……」

「上様はそなたのことを信頼しています。田沼殿の言うことならば信じるでしょう。どんなことでもいたしますゆえ……」

「……」

これは千載一遇の好機だ。

田沼の頭が普段とは違う速度で回りはじめる。

やがて、口もとにかすかな笑みが浮かんだ。

「一つだけ方法がございます」

「お幸が身ごもっただと⁉　一体誰の子じゃ⁉」

田沼からの報告を聞き、家重は血相を変えた。

「詳しいことはわかりかねます。しかし、これは立派な大奥法度違反……」

「そのようなおなご、牢にぶち込め！　二度と出すな！」

「承知仕りました」

想像と寸分も違わぬ家重の反応に、田沼は頭を下げながらほくそ笑む。

「……このことは誰にも告げるな。不貞を働いたおなごの子となれば、竹千代の世継ぎの話が危ぶまれる……」

これも予想した通り……。

「はっ！」


お幸は竹千代の目の前で役人たちに連行された。

「母上⁉　母上！」

母を助けようとする竹千代の前に、ひとりの役人が立ちはだかる。

「家重公のご下命にございます。ご容赦ください」

引き立てられていくお幸を追いかけようとする竹千代を松島が抱きとめる。

「母上！　母上！」


大奥の人知れぬ場所に作られた座敷牢にお幸は入れられた。牢とはいえ、太い柵がめぐらされていることを除けば、他の部屋と変わりはない。むしろ布団などは上質なものが用意されていた。

「ここならば内密にお子をお産みになれます。産婆は某がご用意いたします」

柵越しに田沼がお幸に告げる。

「恩に着ます」

お幸は謝意を示し、そっとお腹に手を触れた。

「この子が無事に生まれたのちは、歌舞伎役者の桜田真太郎にお預けください。必ずやこの子を大切に育ててくださいます」

「承知仕りました」


文を読み終わり、家治は愕然と幸治郎を見つめる。

「そうして生まれた赤子が私にございます。齢、二十四にございます」

「では……わしは……」

「桜田が母と逢瀬を重ねるようになったのは、おそらく上様がお生まれになったずっと後の話。つまり……」

「田沼に……騙されていたということか……」

「目的はわかりかねますが……嘘に真の話を織り交ぜて、お伝えになったのでございましょう」

おのれ、田沼……。

怒りで家治の視界が狭くなる。


「徳川の血筋であったか……」

静かに部屋を出た定信が何やら思案しながら廊下を歩きだす。

ここで仕留めることができなかったのは正直、痛い。

猿吉の裏切りといい流れが悪くなっている……。

焦燥感に苛まれ、定信の足は無意識のうちに速くなる。

自身番で同心たちが猿吉の遺体を検めている。

「腹部に刺し傷が……」

「かなり腕の立つ者の仕業だな」

猿吉の着物を調べていた岡っ引きが文のようなものを発見し、声をあげた。

「こんなものが！」

それは猿吉がしたためていた遺書だった。

※

家治に呼ばれ居室を訪れた田沼は、家治の隣に倫子の姿を見て、驚く。

「おふたりお揃いで、いかがされましたか？」

「わしの出自について、御台にも聞いてもらおうと思ってな」

警戒する田沼に、倫子が冷たい眼差しを向ける。

「上様の妻として、そなたのした極悪非道な行いについて知る義務があると存じます」

「……はて、なんの話にございましょう？」

家治はしかと田沼を見据え、言った。

「わしの父は……九代将軍、家重公である。そうだな」

「……」

「しかし、そなたは長年にわたり、わしを騙した……。母の思いを踏みにじり……利用したのだ」

「……」

田沼はお幸の願いを無視し、産んだ子を桜田に預けるなどしなかった。逆に桜田を捕らえ、牢に幽閉したのだ。

そして、竹千代に桜田を実の父親だと思い込ませ、目の前で斬った。

桜田の断末魔の叫びと顔に浴びた血飛沫は、幼き竹千代の心に己が呪われた血筋の子であると刻みつけた。

すべてが次期将軍となる竹千代を自分の意のままに動く傀儡にするための田沼の策略だった……。

鬼のような形相で、家治が田沼に迫る。

「なぜ、このようなことをした!?」

「……」

「答えろ！」

黙ったままの田沼に家治が摑みかかる。

「そこまでして人の上に立ちたいか⁉　力が欲しいか⁉　そなたはもはや人間ではない！　鬼だ！　化け物だ！」

家治の怒りの激しさに、倫子は少し不安になる。

「上様……」

いっぽう、田沼はどこか醒めた目で家治を見つめ、されるがままになっている。激しく揺さぶられながら、自嘲気味に笑った。

「何がおかしい……？」

「ではほかに……どうしろと？」

「？……」

「某のほかに誰がこの国を変えられるのですか？」

「……」

「上様はその足で荒れた田畑(でんぱた)を歩いたことがございますか？　その目で城下に暮らす民の営(いとな)みをご覧になったことがございますか？」

胸倉を摑んでいた家治の手から力が抜ける。

「たまたま将軍家に生まれ、高いところから見下ろすだけの者たちに何ができる！」

田沼が初めて感情をあらわにした。

家治は手を離し、田沼は落ち着いた口調で語りはじめる。

「某はこの三十年、粉骨砕身この国のために仕えて参りました」

飢餓で命を落とした子の亡骸を抱き、「いつまでこんな暮らしが続くのですか？　幕府は何をやっているのです……？」と放心したようにつぶやく母の嘆きを聞いた。

幕臣として吉宗、そして家重に仕えながら、農業、商業、水産、海運とあらゆる分野を寝ずに学んだ。

今の民たちの窮乏を救うには、世の作りを根本的に変える必要がある。問題点は明らかで、自分にはそれを解決する方策があった。

しかし、幕府の頂に君臨する家重は愚将で、ただひたすら享楽に明け暮れている。

進言しようものなら、「うるさいのぉ」と頭から酒を浴びせられた。

「下々の者たちは米不足やら疫病やら騒いでおるらしいのぉ。わしらはこの城にいるかぎり安泰じゃ。よかった、よかった！」

女中たちをはべらせ笑う家重に、殺意のような憤りを抱き続けた。

田沼は正直な気持ちを家治に吐露する。

「この国はおかしい。まことに優れた者を敬うのではなく、生まれながらに地位が高いだけの者を敬うのだ」

「……」

「徳川の血を引くというだけで、皆がひれ伏す。側だけ見て、中身など全く見ておらぬ。この国の者たちは、腑抜けだらけじゃ！」

「……」

「だったら……偉くなるほかないではないですか。地位さえ手に入れれば、皆が媚びへつらうのです。それゆえに、某は……」

田沼は己の行いを顧みるように遠い目になる。

「後悔は、しておりませぬ」

家治はゆっくりと口を開いた。

「それが……そなたの本心か。徳川の血を引くわしのことも、そうやって見下してきたのだな」

我に返ったように田沼は家治へと視線を移した。

「……わしの祖父と父、吉宗公と家重公がふたり揃って一つだけ、わしに言い残したことがある。……田沼を重用せよ、と」

「!?」

「これが何を意味するかわかるか？　そなたはわしを騙さずとも、己の才と働きで政を担う要となれていたのだ。その功名を自らの手で穢した！」

田沼は目を見開いた。

「それでも……悔いはないか？」

「……」

「田沼。蟄居閉門を命ずる。その後の仔細は追って沙汰する」

魂を抜かれたような虚ろな顔で、田沼が家治の言葉を聞いている。


田沼に引導を渡すと、家治は中庭に出た。幼い頃から囚われ続けてきた軛からようやく自由になったというのに、ひどく疲れた。

それでも風が心地よく感じるのは、心は喜んでいるのだろう。

「お風邪が長引いてしまいますよ」

気がつくと倫子が隣にいた。

「……いまだに信じられなくてな。わしが徳川の血を引くなど……。一体これまで、何に悩まされてきたのか……」

倫子に見守られながら、家治は素直な思いを吐露していく。

「しかし皮肉な話だが、わしはあの者の嘘により徳川の人間としてではなくひとりの人として、この世を見ることができた。そして、身分によって分断されぬ世を作りたいと志を持てたのだ……。ほんに、皮肉な話だが……」

「……田沼殿も上様のようにこの国を憂い、変えたいと思われていたことに違いはないのですよね。やり方には……決して賛同できませんが」

うなずき、家治は続ける。

「ずっとこの家を守ることだけが天下泰平の世を築くことだと信じてきた。されど、時折わからなくなる……。力ある諸外国や度重なる天変地異を前にしたとき、武家の一家にすぎない徳川に何ができる……」

「……」

「この国の者たちは腑抜けだらけと田沼は言っていたが、わしはそうは思わぬ。民の力を信じたいのだ。そのために必要な変化ならば、喜んで受け入れたい」

倫子は微笑み、懐からつぎはぎだらけの絵を取り出した。

「ならば、これを」と家治に渡す。

それは、かつて家治が描いた学問所の浮世絵だった。

不器用に修復された絵を見つめ、家治の瞳が潤みはじめる。

「なんとしても、叶えなくてはなりませんね」

「……御台」

家治は倫子を優しく抱き寄せた。

「そなたがいてくれて、よかった……」

家治の身体に身を預け、倫子は安らかな幸せを感じるのだった。


その夜、御寝所で同じ布団に枕を並べながら、家治と倫子が語り合っている。

「いつかまた、子を授かれたときには……万寿と名づけたいな」

「万寿？」と倫子が家治をうかがう。

「限りなく長く、生きてほしいのだ」

「……」


翌日、家治は松島を部屋に呼び、仔細を語って聞かせた。

「以上が事のすべてだ。もう案ずるな」

「左様でございましたか……。田沼殿が……」

「あの者は死罪にするほかあるまい」

「……」

「それから大奥総取締の件だが、引き続きそなたに頼みたい。引き受けてくれるか？」

「もちろんにございます。ありがたき幸せ」

深々と頭を下げる松島に安堵し、家治は笑みを向ける。顔を上げ、その穏やかな表情を見た松島は驚いた。

「……御台様のおかげでしょうか」

「ん？」

「いえ……」

もう私はこのお方には必要ないのだ……。

そのことを寂しく感じつつ、松島は微笑んだ。


田安家の自室で定信が倫子からの文を読んでいる。

『此度は上様のことで貴重な知らせを賜り、ありがとう存じます。おかげでようやく大きな山を乗り越えられたように思います』

自分の目論見が裏目に出たことをあらためて突きつけられ、定信は苛立つ。

『代参の折、浜御殿でおっしゃっていただいたことですが、私はやはりこれからも上様と添い遂げ――』

そこまで読んだところでもう我慢ならず、定信は文を破り捨てた。

「こうなれば、力ずくで奪うまでだ……」

短刀を取り出し、鞘から抜く。ぬらりと妖しく光る白刃を見つめ、つぶやいた。

「待っておれ。家治」

※

その日、家治のもとに一通の文が持ち込まれた。水に濡れていたのかよれよれになり、文字が滲んだその文を読み終わり、家治は絶句した。

「なんだ、これは……」

怒りで文を持つ手がぶるぶると震える。


報告を受けた松島はすぐに倫子のもとを訪れた。

「猿吉という男をご存知でしょうか？」

「はい」と倫子は松島にうなずく。「お品が雇っていた五菜ですが」

やはり……と松島の顔が苦々しくゆがむ。

「どうかされたのですか？」

「その猿吉なる者が、先日……遺体で見つかったそうにございます」

「！」

「その者の残した遺書に、御台様のお子が流れるよう毒を仕込んだのは己だと……」

「え？……」

「そして、家基様を池に落とし、殺めたのも……」

「そんな……まさか……」

家治は幕臣たちを集め、檄を飛ばした。

「猿吉という男ひとりにこれだけのことができるはずがあるまい！　この遺書はまやかしだ！　必ずや何者かが裏で糸を引いておる！　なんとしても見つけ出し、捕らえるのだ！」

「はっ！」

「貞次郎君〜」

縁側で高岳が貞次郎をあやすのを隣でお品が見守っている。と、廊下の向こうからお知保が早足でやって来た。

お知保はお品のそばに寄るや、いきなり頬を平手打ちした。

わけがわからずお品は目を丸くする。

「何をするのです⁉」

「すべてそなたの仕業だったのか⁉　そなたが猿吉という五菜を雇い、家基様を……」

「なんの話です？」

「しらばっくれるな！」

叫びながらお知保はお品につかみかかっていく。

「そなたが殺させたのであろう⁉　貞次郎君を世継ぎにするために私の子を……家基様を……！」

そこに倫子が割って入った。

「お知保殿！　おやめください！」

事情を知らされていないお品は、興奮するお知保にただただ戸惑うしかない。

家治が『南泉斬猫』を手に考えに沈んでいる。

「……争いのもとは、殺される……」

描かれている一匹の猫に貞次郎の姿が重なる。

今やわしの子はただひとり……。


すべてを聞かされ、お品は部屋にこもった。

「猿吉が……嘘だ……嘘であろう……」

猿の木彫りを握りしめ、涙に暮れているとふいに襖が開いた。

入ってきたのは、家治だった。

これまでにないような厳しい顔で、お品を見つめる。

「……」


その夜、床でぐっすりと眠りについている貞次郎のもとに忍び寄る影がある。影から伸びた両の腕が貞次郎へと迫っていく。


翌朝の総触れ。家治の隣に倫子が控え、ふたりの前には奥女中たちが居並んでいる。

しかし、そこにお品の姿はない。

「今日は皆に申し伝えたきことがある」

奥女中たちは顔を上げ、家治の言葉を待つ。

「お品には……この城を出てもらう」

奥女中たちがざわつくなか、解せぬとばかり倫子が訊ねた。

「なにゆえに……なにゆえにお品を……」

「家基や千代姫が亡くなったことで、お品を疑う者がおると聞いておる」

高岳、朝霧、夜霧の三人がお知保に鋭い視線を走らせる。お知保は家治を見つめたまま特に動じる様子はない。

「そのようなありさまでここに身を置いていても、無用な争いが生まれるだけだ」

「……」

「それからもう一つ……」

そこまで言って、家治は表情をこわばらせた。

怪訝そうに女中たちが見守るなか、ふたたび口を開く。

「貞次郎が……死んだ」

倫子は驚愕し、まじまじと家治を見つめる。

理解が追いつかず、高岳は家治の言葉を繰り返した。

「死んだ……？」

異様な沈黙が御座之間を包んでいく。

「……寝所で亡くなっているのを……乳母が見つけた」

「……」

「仔細は今、奥医師が調べておる……」

「そんな……」

ひと言つぶやき、高岳はその場に倒れた。

「高岳様!?」

朝霧と夜霧が慌てて高岳を介抱する。

騒ぎを鎮めるように、家治は声を張った。

「この世のどこかに、わしの血筋を根絶やしにしようと目論む者がおる。子供たちの命を奪ったその者を、わしは生涯許さぬ！　皆も心しておけ！」

気迫に女中たちが圧倒されるなか、松島が率先して頭を下げる。

「承知仕りました」

いっぽう、倫子はまだ困惑の最中にいた。

お品が大奥を出され、その息子の貞次郎は亡き者にされた……。

到底、信じられるものではなかった。

思い詰めた表情で倫子が足早に廊下を行く。御小姓がそのあとを焦ったように追いかけていく。

「御台様、どちらへ?」

倫子は応えず、ずんずんと歩いていく。

総触れを終え、中奥へと戻る家治を見送りながら、松島がおずおずと声をかけた。

「貞次郎君のこと……なんと申し上げれば……」

そのとき、家治が激しく咳き込みはじめた。発作のような咳は止まらず、家治は廊下にうずくまる。

「上様!?」

板の上に散った血飛沫に、松島は蒼白になる。

家治は身体を痙攣(けいれん)させながら、その場に倒れ込んだ。

「上様!」

その頃、定信は江戸城近くの寺にいた。

城内でそんな騒ぎが起こっているとは知らぬものの何か予感があったのか、そびえ立つ江戸城を見上げ、つぶやく。

「わしの世は、すぐそこだ……」


倫子がやって来たのはお品の部屋だった。

襖を開け、「お品！」と呼ぶ。

しかし、部屋の中はすっかり片付き、主はおろか人の気配は微塵もない。

ただ、倫子への置き土産のように、猫の懐紙入れがぽつんと残されていた。

手に取り、倫子はそれをじっと見つめる。

「……」

大奥でのお品との日々、さまざまな思い出が倫子の脳裏によみがえっていく。

11

猫の懐紙入れを見つめながら、倫子がつぶやく。

「こんな別れがあるか……？　お品……」

無念の思いに唇を噛んでいると、音もなく襖が開いた。

「失礼仕ります」と入ってきたのは、松島だった。

血の気の引いた青白い顔を見て、倫子は訊ねた。

「……いかがされましたか？」

「上様が……お倒れになりました」

「え……？」


廊下で喀血(かっけつ)した家治はすぐに部屋へと運び込まれた。意識が朦朧(もうろう)としたまま、今も高熱にうなされている。

御匙(おさじ)が懸命に容体を診ているが、なんの病(やまい)かがわからず対症療法で精いっぱい。有効な治療はできていなかった。

その知らせは武元によってすぐに定信にもたらされた。

「そうですか。上様がお倒れに」

田安家の私室で酒を酌み交わしながら、定信は朗報に顔をほころばせる。

「かなり重い病のようで、日に日に弱っておられるとか」

「ついに天もわしに味方したか……」

感慨深げに定信は杯を空けた。「家基様に続き貞次郎君までもが身罷られ、家治公の血筋は絶たれました。ようやく我らの出番かと」

「……されど、定信様は白河藩松平家に養子に出された御身。そのところ、いかがされるおつもりで？」

「将軍の座を目指すのもよいですが、田沼殿を見てもっと良い案を思いつきました」

己の思うがままに政を行うには、何も将軍になる必要はない。傀儡の将軍を立て、その背後で実権を握る。そのほうがより自由に動けるというものだ。

ほくそ笑む定信の杯に、武元が新たな酒を注ぐ。

蟄居中の田沼の屋敷。閉じられた門の先、入口には竹矢来が組まれ、人の出入りができなくなっている。

戸も窓も閉め切った薄暗い部屋で、ひとり瞑目する田沼を妻のお亀が心配そうに見守っている。

もはや、これまでか……。

そう覚悟を決めると心中は凪いだ海のように穏やかになっていく。


中庭の祠の前では倫子が手を合わせ、家治の快癒を祈っていた。

「どうか上様をお守りください……」

目を開けたとき、なんだか辺りが薄暗くなっているのに気づき、倫子は空を見上げた。

濃い墨を水に垂らしたかのように、黒雲がどんどん空を覆っていく。

「？……」

やがて、小さな黒い破片がぱらぱらと降ってきた。

不吉な予兆のような気がして、倫子の胸が騒ぎはじめる。

手のひらで受け止めても、その雪は解けることがなかった。

お知保や松島、ほかの女中たちも降り注ぐ黒い物体を驚き、眺めている。

「黒い……雪？」

黒い雪の正体は火山灰だった。浅間山が火を噴いたのだ。のちに天明大噴火と呼ばれたこの噴火は九十日の長きにわたって続いた。関東一円を覆った噴煙と火山灰は長期の天候不順を引き起こし、天明の大飢饉の要因となったのである。

奥女中たちが外廊下に積もった火山灰を掃いたり拭いたりしながら、不安そうに顔を突き合わせている。

「信濃(しなの)の浅間山(あさまやま)が大噴火したとか？」

「被害は四十里にも及ぶそうです」

「この国は一体、どうなってしまうのでしょう……」

お平、昭島、お玲が声をひそめてささやき合い、その向こうでは高岳、朝霧、夜霧が悄然と肩を落としている。

「このようなときに上様までお倒れとは……」

「この城は呪われておる」

高岳のつぶやきに、夜霧は顔を覆って泣きだしてしまう。

そこに倫子が通りかかった。それぞれが少なからぬ不安を抱える女中たちの様子を見て、倫子はどうにかしなければと強い焦燥感にかられるのだった。

ずっと熱が下がらず、咳も止まらない。心の臓がきりきりと痛み、身体に力が入らない。床から抜け出せないまま、家治は此度の天変地異の報を聞いた。

「……このままでは田畑が荒れ果て、米不足に陥る……。米の値が急騰する前に、なんとかせねば……」

無理やり起き上がろうとする家治を御匙が必死で止める。

「上様、なりませぬ」

激しい咳の発作に襲われ、家治は床に倒れ込んだ。

「こんなときに何もできぬとは……」

家治は拳を握りしめ、目を閉じる。

「……」

ここまでか……。

己が運命を受け入れ、家治は目を開けた。

「田沼を呼んでくれ」

翌日、布団から身を起こした家治の前に、田沼が対座している。

荒い息を整えると、家治は言った。

「そなたの処分についてだが……わしの代わりに政を任せたい」

厳罰を下されるものだと思っていた田沼は驚き、「は？」と声を漏らす。

「見ての通り、わしは身体が動かんのだ……。ほかに頼れる者といえば……」

悔しそうに家治は田沼を見る。

「……」

「勘違いするな。わしは断じてそなたを許さぬ。しかし……この国のため、力を貸してくれ」

ただひたすらに国を、民のことを思う家治の心根に田沼は打ちのめされる。

そして、その意気に応えたいと素直に思った。

「ご下命、しかと承りました。必ずやこの国難を乗り越えてご覧にいれます」

初めて心から家治に頭を下げた。

平伏する田沼を家治が切なげに見つめている。


復帰した田沼はすぐに御用部屋に幕臣たちを集め、檄を飛ばした。

「浅間山の噴火で各地に甚大な被害が広がっておる。まずは諸国から米をかき集め、なんとしてでも米の値を安定させるのだ。急げ！」

「はっ！」

一人ひとりに仕事を割り振り、指示を受けた幕臣たちが散っていく。その様子を武元が面白くなさそうな顔で見守っている。

「この期に及んでまだ田沼を頼るか……」

武元からの報告を受け、定信は舌打ちした。

「いかがいたしましょう？　このままでは田沼殿が政の実権を握り、権勢をふるうのでは……」

「……例の件は？」

「御三家、御三卿と内密に連絡を取り、進めております」

定信はうなずき、言った。

「こうなれば徳川家総出で田沼の勢力を追い落とすほかありませぬ。二度と這い上がれぬよう、完膚(かんぷ)なきまでに」

松島からの知らせに驚き、倫子は思わず訊ね返した。

「政の実権を……田沼殿が？」

「はい」

「……それほどまでに上様のご容体は悪いのですね。憎む相手をも頼らねばならぬほどに……」

黙ったままの松島に倫子は言った。

「上様に……お会いできないのでしょうか？」

「表への出入りは固く禁じられておりますゆえ……」

心苦しげに松島が答える。

「……松島様は大丈夫でございますか？」

ふいにそう訊ねられ、「は？」と松島は怪訝な顔になる。

「家基様を亡くされ、上様まで……さぞかし心労が重なりましてございましょう……」

倫子の言葉に松島は思わず苦笑する。

「？」

「御台様のそういうところ……忌み嫌っておりました」

「……」

「そのような清廉潔白なお振る舞いを見ていると、こちらの心が穢れていることをまざまざと見せつけられるようで」

「そんなつもりは……」

「しかし……そんな御台様ゆえに」

上様はああも変わられたのだ。

あんな屈託のない、晴れやかな笑顔を見せるまでに……。

「今では……感謝しております」

「……」

「また状況がわかり次第、お知らせいたします」

「はい。ありがとう存じます」

一礼し、松島は部屋を去っていく。

倫子は小物入れから方位磁石を取り出すと、祈るように握りしめた。

「……」

※

御匙が手を尽くすも家治の容体は徐々に悪化していった。

死期を悟った家治は朦朧とした意識のなか、御匙に命じた。

「……御台を……呼んでくれ」

「しかし……」

「かまわぬ。呼んでくれ……」


思い詰めた表情で倫子が廊下を行く。

上様からのお呼びだと知らされたとき、決して良き話ではないと察していた。

それでも万に一つの望みを抱き、倫子は家治の部屋の襖を開けた。

布団の中に家治が寝ていた。

どれほどの痛みを耐えたのであろう、あの美しい顔は見る影もなくやつれている。しかし、理知に富んだ優しい眼差しはそのままだった。

「上様！」

そばに寄った倫子に、家治は目を細める。

「御台……来てくれたか」

「はい……」

家治の右手が倫子を求めて宙をさまよう。その手を倫子がぎゅっと握りしめる。柔らかな手の感触に、家治の表情がふっとゆるんだ。

「どうやらわしは……この肉体を離れるときが来たようだ」

「上様……」

「もともと生きているのに死んでいるようであった……。しかし、そなたが来て……教えてくれた」

上様……。

みるみるうちに倫子の目に涙が浮かんでいく。

「幾度も泣かせたな……。今も……」

今度は左手を伸ばし、倫子の涙を優しくぬぐう。

「されど、泣き顔すらも愛おしい……」

「上様……嫌でございます……。もっと……もっとおそばに……」

愛しい妻の姿を瞳に焼きつけるように、家治はじっと倫子を見つめる。

しかし、すぐに激しい咳の発作に襲われた。

「上様！」

咳き込む家治の身体を倫子が支える。

ままならぬ身体に悔しい思いが家治の口からあふれ出る。

「わしにはまだやり残したことがたくさんある……。子供たちを殺めた者を捕らえねばならぬ……。もっとこの国を豊かにせねばならぬ……」

うなずく倫子に、家治は最後の想いを告げる。

「そなたともっと……生きたかった……」

倫子の目から涙があふれる。

朧となった意識のなか、家治は天井を見つめる。そこには徳川の紋が記されている。

「三つ葉……葵のように……」

「？……」

家治はゆっくりと目を閉じた。

激しく上下していた胸がふいに動かなくなる。

「上様？　上様！……」

愛しい妻の腕の中で、第十代将軍徳川家治は旅立っていった。


「身罷られた……？」

松島からの知らせにお知保は絶句した。

「高貴なお方の死はしばらく伏せられるのが習わしです。他言せぬように」

心から愛されることは叶わなかったが、幾度も優しさをいただいた。

出会ったときの家治の声がよみがえり、お知保の目に涙が滲む。

悲しみに暮れるお知保を見ながら、込み上げる思いを松島は懸命に堪えた。


家治の死を聞かされ、定信は対座する武元に告げた。

「時は来た。動き出すとしましょうか」

「準備はできております」と武元は奉書を差し出した。定信が受け取ると、武元は部屋の外に向かって声を発する。

「佐野」

「はっ！」

襖を開け、ひとりの若侍が姿を現した。

内なる怒りに身を膨らませ、今にも弾けそうだ。

定信の顔に笑みが浮かぶ。


家治の死にも歩みを止めることなく、いや炎に薪をくべたごとくさらに精力的に田沼は政務に邁進している。

「いま薩摩藩が船で米を運んでくれておる。もうしばらくの辛抱じゃ！　信濃では多くの家屋が失われ、道も泥流に呑まれ、まだまだ人手が足りとらん。手の空いている役人をかき集め、即刻向かわせよ！」

「はっ！」

幕臣たちに指示を出し、広げた地図に報告された被害状況を書き込んでいく。

「田沼殿、少しはお休みになられたほうが……」

城に泊まり込み、ほとんど睡眠も取らずに働き続ける田沼を見かね、幕臣のひとりが声をかけた。

「かまわぬ。わしは上様に託されたのだ」

そのとき、血相を変えた武元が御用部屋に駆け込んできた。

「田沼殿！　ご子息の意知（おきとも）殿が……」

「？」

武元に連れられた田沼がうながされるように部屋に入る。

「こちらです」

部屋の中央に、息子・意知の亡骸が横たわっていた。

「意知……」

田沼同様若くして才を発揮し、その右腕として父の政を支えていた。先見の明を持った、幕府にとっても貴重な人材であった。

茫然自失の田沼に武元が告げる。

「殿中に紛れ込んでいた佐野という旗本に斬り殺されたようにございます」

「なにゆえに……」

「この者は田沼殿の政にたいそう不満を抱いていたようで……」

わしのせいか……。

拳を握りしめ、田沼は二度と動くことのない息子を見つめる。

その姿に武元の口もとが思わずゆるむ。

襖が開き、誰かが部屋に入ってきた。

「田沼殿。此度は誠にご愁傷様にございます」

振り向き、田沼は驚く。

そこにいたのは松平定信だった。

「なぜ、定信様が……」

「今はとにかく喪に服してくださいませ。後(のち)のことはほかの家臣にお任せになるとよい」

「恐れながら、その儀は無用にございます。この国難を乗り切ることは上様に任された最後の御役日。しかと果たす所存にございます」

場違いな笑い声が部屋に響いた。

「まだわかりませぬか？」

笑顔のまま、定信が田沼を見つめる。

「そなたはもう用済みだと申しておるのです」

「？……」

定信は懐から奉書を取り出し、田沼の前に広げた。

「田沼意次。本日をもって老中職を罷免（ひめん）いたす」

「何をおっしゃっておるのか……」

「徳川御三家、御三卿の合議により、そう決まりましてございます。そして新たな老中には、この私が就かせていただくことと相成りました」

「!?」

「本日まで、ご苦労にございました」

すかさず頭を下げた武元を見て、田沼はふたりが組んでいたことに気づいた。

よもや、意知の死も……。

「このような勝手が……許されるはずがない！　上様のご下命ならまだしも、御三家、御三卿が幕府の人事に口を挟むなど……」

「その上様はもうおられませぬ」

定信が冷たく言い放つ。

「！……」

「この国は未曾有の飢饉に陥り、幕府への不満は募るばかりです。民の心を鎮めるためには、誰かが責任を負わねばなりませぬ」

「……某に……捨て石になれと？」

「幼い頃、私はあなたによってこの城を追われました。そして今日、ここを去るのはあなたです」

愕然とする田沼に向かって、定信は勝ち誇ったように笑った。


半身を奪われたような喪失感を抱いたまま、倫子は虚ろに日々を過ごしていた。

手にした方位磁石に記された三つ葉葵を見つめ、つぶやく。

「どういう意味にございますか……？　上様……」

三つ葉葵のように……。

臨終の言葉に家治はどんな思いを込めていたのだろう。

襖が開き、お平が入ってきた。

「申し上げます。お品様にお届け物が届いております」

「お品に？」

「どうすればよいものかと……」

少し考え、倫子は自分が預かることにした。

届け物の小さな木箱を開けると赤い足袋が入っていた。

手に取ると、足袋の中に何かが入っているのに気がついた。

小さく折り畳まれた文だった。

「？……」


夕刻、無念の思いで田沼が家路についている。

道の向こうから騒々しい声が聞こえてきて、田沼は顔を上げた。

「佐野様を称えよう！」

町民たちが集まり、歓声をあげているのだ。

「この貧しき世をつくり、民を苦しめていた田沼親子を成敗してくれたのだ！」

「!?」

「佐野様は世直し大明神じゃ！」

あろうことか『世直し大明神』と書かれた幟を手にしている者までいる。城内の凶事が民に伝わるのがこうも早いということは、すべてが前もって仕組まれていたということだろう。

誰が仕組んだかは明白だ。

怒りで田沼の視界は狭くなり、町民たちが騒ぐ声も聞こえなくなる。


屋敷に帰ると、大勢の役人たちが家財道具を運び出していた。

「おい、何をしておる！　おい！」

田沼を無視し、役人たちは作業を続ける。

そこに青白い顔をしたお亀がやって来た。

「あなた……。屋敷は幕府の命により、取り壊しとなりました……」

「なに!?」

「あなたには……家治公を毒殺した疑いがかけられているそうにございます」

「！……」

「なにゆえこのような……」

一切合切を運び出され、がらんとした部屋を途方に暮れたように見回し、お亀は田沼に訊ねた。

「あなたはこの国のため、仕えてきたのではなかったのですか?」

「……」

やがて、大きな槌を手にした男たちが入ってきて、容赦なく屋敷を打ち壊しはじめた。

その光景を見ながら、田沼は怒りともあきらめともつかぬようつぶやく。

「やはりこの国の者たちは何も見えとらん……。腑抜けだらけじゃ」

※

翌日、定信は幕臣たちを御用部屋に集めた。

「これよりはこの松平定信が老中首座の御役目を引き継ぐことと相成った。さっそくだが、蝦夷地開発は中止。中州にある遊郭は取り壊し、川に戻せ」

「それは……」

異議を申し出ようとする幕臣の口をふさぐように、定信は叫んだ。

「これまで田沼がなしてきた政を一掃する! 新しい世をつくるのだ! 異論は許さ

ぬ！」

気迫に押され、幕臣たちが一斉にひれ伏す。

「はっ！」

幕府の政の中心となり、采配を振るう。

夢にまで見た光景が現実となり、定信は恍惚とした。

「……ようやく手に入れましたぞ、父上……」

そこに武元がやって来た。

「定信様。御台様がお会いになりたいとのことです」

「倫子殿が？」

もう一つの夢も手に入るやもしれぬ。

定信の顔から笑みがこぼれる。


謁見の間で倫子と対座すると、定信は殊勝な顔で口を開いた。

「家治公のことはなんと申し上げればよいものか……。いまだにお世継ぎが定まらず、将軍の席は空いたままでございますが、この定信がしかと政の主導を務めさせていただきます」

倫子はねめつけるように鋭く定信を見つめる。

「……これが目的ですか？　そのように、政の要に立つためにそなたは……」

「？」

「賢丸は優しい人でした。されど時折、どうしようもなく恐ろしい面があったことを思い出したのです」

羽をちぎったトンボを、「これでどこにも逃げられぬ。そなたのそばにずっとおるぞ」と無邪気に差し出すような……。

「あのときのように平気で命を奪ったのですか？　なんの罪もない子供たちの命を……」

動揺を抑え、定信が訊ねる。

「……先ほどから、なんの話を？」

倫子は赤い足袋に隠されていた文を定信に見せた。

「猿吉殿がお品に残していた文です。ここに……すべてはそなたの指示でしたことだと書かれてありました」

「猿吉？　はて……何者でございましょうか」

この期に及んで……。

あくまでしらを切る定信に、怒りの炎が大きく燃え上がっていく。

「どこの馬の骨ともわからぬ者の言うことなど、真に受ける必要はございませぬ」

怒りだけではなく、悔しさに倫子の目から涙があふれ出す。

「賢丸は恐ろしくもありましたが……それでも、心の優しい人だと信じておりました」

「……」

「上様がどんな思いで亡くなったか……大奥のおなごたちが、どれだけの涙を流したか！」

倫子は文を握りしめ、叫んだ。

「もしこれがまことならば、そなたには天罰が下りましょう！　いずれ、必ず！」

「……」


その夜、足どりのおぼつかない男が、ふらふらと門の前へとやって来た。虚ろな目で城を見上げ、吸い込まれるように中へと入っていく。

定信にもらった簪を手にした倫子が自問自答を繰り返している。

「なぜ気づけなかった……なぜ……」

上様への異様な対抗心、自分への執着……定信の裏での暗躍をほのめかすものはいくつもあり、気づく機会もあったはずなのに……。

やり場のない怒りの矛先は、もはや己に向けるしかない。

そのとき、半鐘の音が城中に鳴り響いた。

同時に悲鳴のような女中の叫び声も聞こえてきた。

「火事にございます！」

「!?」


廊下の奥、まるで生きているがごとく壁を舐め、燃え上がっていく炎に追い立てられるように女中たちが逃げていく。

「火事じゃ！　火事じゃ！　逃げるのです！」

大きな声を発し、怯える若い女中たちを急かしているのは昭島だ。さすが年の功という振る舞いで、お平とお玲も落ち着きを取り戻す。

高岳、朝霧、夜霧の三人は、それぞれ猫を抱えて廊下を駆けていく。

「次から次へと、なにゆえこんなにも災いが……」

「やはりこの城は呪われておるのじゃ」

眉のない高岳の顔が恐怖にゆがんでいる。

勢いよく襖が開き、お知保が飛び込んできた。

「御台様！　火事にございます。お逃げください！」

しかし、倫子は御台所の座についたまま身じろぎもしない。

脳裏に浮かぶのは、上様の最期のお姿だ。

『そなたともっと……生きたかった……』

「御台様？」

「もうよい……。このまま、ここで……上様と」

「そんな……何をおっしゃいますか……」

静かに笑みをたたえる倫子に、お知保が叫ぶ。

「私に……生きろと言ってくださったのは、御台様ではないですか！」

「……」

「早くあちらへ」

女中たちを城の外へと誘導していると、ひとり中奥のほうへと向かう人影を見かけ、松島はあとを追った。

旧知のその人物が入っていったのは、やはりあの部屋だった。

襖を開け、松島は鎮座する田沼に訊ねた。

「なにゆえ……。御役を解かれたのではなかったのですか?」

田沼は顔を上げ、虚ろな目を松島へと向けた。

「どうじゃ? 燃え盛る江戸城は。綺麗じゃろう」

襖越しに赤々と炎が揺れている。

松島は田沼を見つめた。

「もしや、そなたが……?」

「こんな腐った城は、燃やして灰にするのが一番よい」

「……」

「何が徳川だ! 無能な者どもの集まりであるこの徳川幕府こそ、諸悪の根源じゃ!」

「……その幕府を愛し、誰よりもその身を捧げてきたのは、そなたではないですか……」

松島の瞳に現れた憐憫(れんびん)の色に、田沼はいたたまれなくなる。

そのとき、燃えた柱がふたりの間に倒れてきた。

炎の向こうの松島に向かって、田沼はふっと微笑む。

「そなたと飲む酒だけは……美味かったのぉ」

「……」

田沼は松島に背を向け、逆側の襖を開けて部屋を出ていった。


城の外に避難した女中たちが、闇の中で燃え盛る大奥を見つめている。

「あぁ、すべてが灰に……」

昭島が嘆いたとき、頭巾をかぶった女中が駆けてきた。流れに逆らい城へと向かうその横顔をチラと見た高岳は、驚きで目を見開いた。

「そなたは……」


すでに火は近くにまで回っている。

燃え落ちた壁板が爆ぜ、ばちばちと不穏な音を響かせる。襖越しに見える炎の赤黄色が輝きを増すにつれ、周りの空気も熱くなっていく。

しかし、倫子は涼しげな顔で座っている。

「御台様、逃げましょう！」

「……お知保殿は早くお逃げください」

意を決し、お知保は倫子の隣に正座した。

「何をしているのです？」

初めて倫子の声が揺れた。

「御台様がお逃げにならないのなら、私も」

「！……」

「私は、真っすぐで綺麗ごとばかり並べる御台様が大嫌いにございました。ですが今は……大好きにございます」

「……」

「ですから、こんな最期も悪くないかもしれませぬ」

同じ人を愛し、その方とのお子を失った者同士だ。

大奥とともに逝くのもよいかもしれぬ。

覚悟を決めたお知保の顔を見て、倫子は悩む。

そのとき、誰かの足音が近づいてきたと思ったら、いきなり襖が開かれた。飛び込んできたのは頭巾をかぶった女中だ。

「倫子様！」

取り去った頭巾の下から現れたのは、お品の顔だった。

「どうして……」

驚く倫子にお品が言った。

「上様が身罷られたと聞いて……どうしてもお伝えしたきことがあり、戻って参りました」

「もう二度と会えないものと……」

感極まり、倫子は言葉に詰まる。倫子の手を取り、お品は言った。

「すべて……我らのためだったのです。我らのため、そして徳川のために上様は……大きな嘘をつかれました」

「嘘……?」

「どういうことです?」とお知保が訊ねる。

「貞次郎君は……生きているのです」

「!」


あの夜、いつになく厳しい表情で現れた家治は開口一番、こう告げた。

「貞次郎を連れて、この城を出てほしい」と。

唐突な申し出に、わけがわからずお品は戸惑う。

「御三卿の一橋家の子として育てるのだ。あの家には御台の姪が正室として嫁いでおり、そなたのことも知っておった。話は通してある」

「なにゆえ、そのような……」

「ここにはわしの血を根絶やしにしようと目論む者がおる。このままでは貞次郎の命も危ういのだ」

家治は『南泉斬猫』をお品に見せ、続ける。

「御台はこの本を読んだとき、猫を殺さず増やすと言ったそうだな。ならばわしは、隠そうと思う。無用な争いがなくなる、その時まで」

お品は本に描かれた猫に息子を重ねる。家治の言葉が腑に落ちてくる。

「いつか平穏を取り戻したのちには、貞次郎を……皆で育ててくれぬか？　御台、お品、お知保と……徳川家紋の三つ葉葵のように」

「……」

「御台には、そなたが必要だ」

お品の話を聞き、倫子は声を漏らした。

「上様が……」

小物入れから方位磁石を取り出し、蓋に描かれた徳川の家紋を見つめる。最期の言葉の謎が解け、思わず微笑んでいた。

「そういう意味にございましたか……」

方位磁石を握りしめ、倫子はお知保を見る。

力強くお知保はうなずく。

倫子はお品へと視線を移す。

お品は力強く見つめ返す。

意を決し、倫子は立ち上がった。


大奥が燃えている。

女たちの業を燃やし尽くすかのように、美しいまでに赤々と。

城の外で茫然とその様子を眺めながら、女中たちが待っている。

「大丈夫かしら……」

昭島がつぶやき、松島も不安そうに門の向こうをうかがう。

そのとき、煤まみれになった女が三人、城から出てきた。

「御台様！」とお平が叫ぶ。

あとから続くお知保とお品を見て、「おふたりも」とお玲が安堵の息をつく。

「よかった……。これで全員無事にございますね！」

昭島が笑顔で三人を迎える。

倫子はお品とお知保を見て、あらためて思いを告げる。

「ありがとう」

倫子に向かってふたりが微笑む。

もう門から出てくる者はいなかった。

松島は切ない思いで、燃え尽きようとしている城を見つめている。


燃え盛る将軍居室、壁に飾られた三つ葉葵を赤い炎が舐めている。その手前、将軍の座所に田沼が座っている。

「某は上様と交わした最後のお約束さえ、守ることは相成りませんでした……」

短刀を取り出し、鞘から抜く。

「あなた様は天国に、某は地獄に……」

口にした自分の言葉に、田沼は笑った。

「やはり上様と某は……表裏一体！」

笑顔のまま、刃を腹に突き刺す。

潔い最期を遂げた田沼の背後で、徳川家紋が焼け落ちていく。

※

三か月後――。

浜御殿の中庭を倫子とお知保が並んで歩いている。

「またここで暮らす日が来ようとは」

感慨深げにつぶやく倫子にお知保が返す。

「城の修繕は滞りなく進んでいるようにございます。来月には元の暮らしに戻れるかと」

「そうですか」

「倫子様、お知保の方様」

声に振り向くと、幼子を連れたお品がやって来た。

「ご無沙汰しております」

「お品……。その子は、もしや……」

「名を改め、豊千代君と申します。竹千代様と千代姫様から千代の名を賜り、上様が名づけてくださいました」

「そうですか……」とお知保は目を細める。

見違えるほど成長し、顔立ちもはっきりした豊千代に倫子は顔をほころばせた。

「上様に……似ておる」

「はい」

「お品の方様」とお知保がおずおずと口を開いた。「家基様のことでは疑ってしまい……誠に申し訳ありませんでした」

「いえ……。私のほうこそ……おふたりにはなんと申し上げればよいものか……」

「まさかお品がそのような一世一代の恋をしていたとはな」

貞之助との恋が弱みとなり、田沼に利用されたことはすでにふたりには告げていた。

「ほんにおなごは恋をすると、ときに醜くなるやもしれませんね」

自戒を込めつつお知保が言うと、お品は強くうなずいた。

「ほんにその通りで」

思わず顔を見合わせ、三人は笑った。

「されど我らは敵ではない。この先は皆で豊千代君を守っていこう。そのためには……」

そう言って、倫子はふたりをうかがう。

お知保がつぶやき、まだ信じられないとお品は倫子に訊ねた。

「定信様……」

「ほんに猿吉の言うように定信様が？」

「あれから松島殿に相談し、秘密裏に調べてもらいましたが証となるものは何も……」

「この先、この国はどうなるのでしょう？」

顔を曇らせるお品に、お知保が言った。

「城の修繕が終わり次第、一橋家の推薦により豊千代君が次期将軍になられるのでは？」

「しかしまだ幼く、到底政など……」

いつの間にかそばを離れ、ひとり遊びをしている豊千代に心配そうにお品が目をやる。

「おそらく老中首座の定信様が、補佐役として引き続き政の要に立つであろう」

倫子の言葉に、お品は絶望的な思いになる。

「そんな……」

「定信様の治世となり、町では田沼殿はおろか家治様までもがうつけ呼ばわりされているとか……」

悔しさに顔をゆがめ、お知保は倫子に問うた。

「どうにかならぬのでしょうか？」

「……」


自室に戻った倫子が方位磁石を見つめながら考え込んでいる。

「……私は、どうすればよいですか？」

しかし、もはや答えてくれる上様はいない。

静寂を虚しく感じていると、腹の内側に何かを感じた。

驚き、倫子はお腹に触れる。

かすかなこの動きには覚えがある。

赤子だ……。

新たな命がここに宿っている。

家治の声が鮮やかによみがえる。

『いつかまた、子を授かれたときには……万寿と名づけたいな』

『限りなく長く、生きてほしいのだ』

『わしは学問所を作ることにした。わしらの子のためにも、この国の未来をもっと明るいものにしたいのだ』

上様のお子がまた来てくれた……。

愛しそうにお腹を撫でながら、倫子の目から涙があふれ出す。

「そうですね……上様……」


焼け落ちた箇所の修繕がようやく終わり、大奥にも皆が戻ってきた。御座之間では久々に顔を合わせた奥女中たちが再会を喜び合っている。

「やはり、住み慣れたこの城が一番ですね」

笑顔のお玲にすかさず昭島が釘を刺す。

「しかし定信様は大の倹約家とのお噂。禁欲と娯楽の抑制を標榜(ひょうぼう)されておられます」

「出版物も厳しく統制されるとか?」

夜霧にうなずき、朝霧が付け足す。

「自由な考えを持つことも禁じられるでしょう」

「えーっ!」とお平が大きな声をあげた。「地獄ではないですか!」

「そのような暮らしで何をよすがにすればよいのか……」

高岳がつぶやき、一同の間に重い沈黙が下りていく。

そこに倫子が入ってきた。後ろに従っているのはお品だ。

「お品の方様……」

「どうして……」

ざわつく女中たちに倫子が告げる。

「松島殿の計らいにより、私の付き人として戻ってきたのです」

「よろしくお願い申し上げます」とお品が皆に頭を下げる。

お品はこちら側の人間だったのに、なぜ……？

高岳は思わず松島を振り返った。涼しい顔でいつもの場所に座っている。

「余計な真似を……」と高岳は笑みをこぼした。

お品がお知保の隣に座ると、倫子は一同の前に立った。

「私から皆に伝えたきことがございます」

倫子の真剣な表情を見て、女中たちも襟を正す。

「家治公が身罷られ、変わりゆく日々に皆もさぞかし不安な思いでいることでしょう」

「……」

「家治公は生前、この国をもっと豊かにしたいと仰せでした。そのために民の力を信じ、日本各地に学問所をお作りになったのです。いずれその成果が、きっと実を結ぶときが来るでしょう。ですからどうか、心を強くお持ちください」

表情硬く話を聞いている一同に、「大丈夫」と倫子は明るく笑ってみせる。

「この先何があろうと皆のことは、大御台と相成った私がこの身をもって守ります」

頼もしい倫子の言葉に、女中たちの表情が和らぐ。

「はい」とお品がうなずき、お知保も微笑む。

「ついて参ります」

やれやれ、これで少しは肩の荷を下ろせるか……。

安堵の笑みを浮かべる松島に、倫子は笑顔でうなずいてみせる。

こうして倫子を頂点とした大奥の新しい形が築かれることになった。将軍不在の間、大奥は世継ぎをもうけるという最大の目的を失ったが、逆にそれゆえの醜い争いもなくなり、女たちが一枚岩となったことで、独自の勢力として幕府にも少なからぬ影響を及ぼすこととなったのだ。

※

そして、五年の月日が経った——。

江戸の町なか、源内が集まった民衆に向かって演説している。

「浅間山の大噴火から五年！　ついに誰もが作れる薩摩芋の栽培方法を編み出したぞ。この通りにやれば飢饉に備えた食物が作れるのだ！」と青木昆陽が著した書物を掲げる。

「それはすごい！」と聴衆から声があがる。

「礼なら家治公に。国策として支援してくださったおかげなのだ」

少し離れた場所では十代の若者たちが瓦版を配っている。

「行き過ぎた質素倹約は貧しい国を生むだけです！」

「松平定信様の治世が続けば、我らはますます貧しくなるでしょう！」

「今こそ、皆で声をあげるのです！」

声を聞きつけた源内が瓦版を受け取り、大声で読みはじめる。

「白河の　清きに魚(うお)も棲みかねて　もとの濁りの田沼恋しき」

痛烈な皮肉に大笑いし、源内は若者たちに訊ねた。

「お前さんたち、どこのもんだ？」

「十代将軍家治公がお作りになった学問所で学びし者です」

「そうか……」

上様、あんたの志はちゃんと生きてるぜ。

空を見上げ、源内は笑った。

機は熟した。

倫子は定信を大奥に招き、謁見の間で対峙した。

「城下では定信様の罷免を求める声が次第に大きくなっているそうですね。行き過ぎた質素倹約は町に銭が回らなくなり、不景気に陥る。吉宗公の政の際、そのことに気づかれた田沼殿は、それを変えようと尽力されておりました。民もそのことに気づきはじめたのでしょう」

「……」

「私どもからも、そなたの罷免を求める意見書を御三家、御三卿の皆さまに提出し、本日お聞き届けいただけることに相成りました」

定信は愕然と倫子を見つめる。

「まさか……そのようなこと、できるはずが……」

「大奥のおなごたちの声を侮らないでいただきたい。将軍家を誰よりも近くでお支えし、同じ時を過ごす家族なのですから」

「……」

「そなたはこの城から、出ていっていただきます」

すべてはこの日のために密かに動いていたのか。私にほんのわずかな疑いも抱かせずに……。

あまりにも見事な手腕に定信は笑うしかない。口もとをゆがめ、つぶやく。

「倫子殿から……引導を渡される日が来ようとは」

「……」

「もし私が……世継ぎに選ばれていたら、もっと違う未来になっていたでしょうか。倫子殿とも……」

未練がましい定信の問いかけを倫子は毅然と否定した。

「私の夫は、何があろうと家治公、おひとりです」

打ちのめされ、定信は力なく頭を下げる。

その丸まった背中を、倫子が哀しげに見つめている。

定信との面会を終えた倫子が中庭に出ると、お品とお知保が五歳くらいの女の子と遊んでいた。女の子は倫子に気づくと、一目散に駆け寄ってくる。

「母上！」

倫子は優しい母の顔で娘を抱きしめた。

「万寿……」

万寿姫と名づけられた家治と倫子の娘は、大きな病を得ることもなくすくすくと成長し、大奥の女たち皆に愛される存在となっていた。

※

さらに十年もの月日がめぐった。

豊千代が晴れて元服を済ませ、徳川家斉(いえなり)の名で第十一代将軍に就任することとなった。

新たな将軍が誕生したその日、倫子は家治が眠る寛永寺(かんえいじ)を訪れていた。

満開の桜が咲き誇る墓所を尼僧(にそう)の浅光院(せんこういん)の案内で歩いていく。

「うららかな春の日でございますね」

「はい」

家治の墓の前で足を止め、浅光院は言った。

「心ゆくまで夫婦の時をお過ごしくださいませ」

「はい……。ありがとう存じます」

浅光院が去り、ひとりきりになると倫子は墓に手を合わせ、家治と語りはじめる。


家治様。お元気ですか。

あなた様がいなくなって十五回目の春がやって参りました。

嫁いだ頃のあなた様は、冷たい目で、何を考えておられるのかさっぱりわからず、私は怖いとすら感じておりました。

されど、同じ時を過ごすうちに、誰よりも愛情深く純粋で、そしてちょっぴり不器用なお方だと知りました。

今あなた様は、身体も地位も富も力も持ち合わせぬお姿となりました。それでも私は、一番にあなた様に会いたいと願うのです。

ふたりで紡いだこの愛があれば、この先も私は前へ前へと歩んでゆけます。

明日、私たちの娘、万寿姫が婚儀の時を迎えます。


嬉しい報告を最後に、倫子は墓の前を離れた。

桜の花びらが舞うなかを歩いていると、季節外れのトンボが一匹、近くに寄ってきた。

何か訴えかけるように倫子の周りを旋回し、そして高く高く、飛び去っていく。

穏やかな笑顔で、倫子は青い空に消えていくトンボを見送った。

CAST

五十宮 倫子 ‥‥‥‥‥‥‥‥‥ 小芝風花
徳川家治‥‥‥‥‥‥‥‥‥‥ 亀梨和也
お品‥‥‥‥‥‥‥‥‥‥‥ 西野七瀬
お知保‥‥‥‥‥‥‥‥‥‥ 森川 葵
松平定信‥‥‥‥‥‥‥‥‥‥ 宮舘涼太

/

徳川家重‥‥‥‥‥‥‥‥‥‥ 高橋克典
田安宗武‥‥‥‥‥‥‥‥‥‥ 陣内孝則（特別出演）

・

松島の局‥‥‥‥‥‥‥‥‥‥ 栗山千明
田沼意次‥‥‥‥‥‥‥‥‥‥ 安田 顕

他

■ TV STAFF

脚本：大北はるか

音楽：桶狭間ありさ

企画：安永英樹

プロデュース：和佐野健一　清家優輝　出井龍之介　庄島智之

演出：兼崎涼介　林 徹　二宮 崇　柏木宏紀

制作協力：ファインエンターテイメント

制作著作：フジテレビジョン　東映

■ BOOK STAFF

ノベライズ：蒔田陽平

ブックデザイン：村岡明菜（扶桑社）

校閲：東京出版サービスセンター

DTP：明昌堂

大奥（下）

発行日　2024年3月31日　初版第1刷発行

脚　　本　大北はるか
ノベライズ　蒔田陽平

発 行 者　小池英彦
発 行 所　株式会社 扶桑社
〒105-8070 東京都港区海岸1-2-20 汐留ビルディング
電話　03-5843-8842(編集)
03-5843-8143(メールセンター)
www.fusosha.co.jp

企画協力　株式会社フジテレビジョン
東映株式会社

製本・印刷　中央精版印刷株式会社

ISBN 978-4-594-09702-8